戳穿黑色的寂靜蹤跡——

烏克蘭戰爭、文藝歷史與當下

鄧小樺 編

序言一夜越暗，星越亮：烏克蘭與台灣、香港的距離

——沈旭暉

假如 2014 年，俄羅斯吞併烏克蘭克里米亞半島（Crimea）後，變成 2022 年這規模的全方位戰爭，當時「前國安法時代」的香港依然可以暢所欲言，相信包括建制派在內的輿論，可能會一面倒反戰、反俄，但香港人關注程度的持續和切膚之痛，卻可能遠遠不及已經難以發聲的當下。一水之隔的台灣，當時依然是國民黨的馬英九總統執政，和北京關係處於蜜月期，政府要像今天民進黨那樣旗幟鮮明挺烏克蘭、制裁俄羅斯，在中國因素下，卻可能投鼠忌器。

對烏克蘭人而言，這場早在 2014 年就開始的戰爭，到了今天不過是，殘酷的延續、無限升級，但它們和俄羅斯的關係、日以繼夜承受的壓力，其實一直沒有改變。但我們熟悉的故鄉，卻物是人非，種種大變，早換了人間。

2014年，改變香港歷史的雨傘運動之前數月，烏克蘭經歷了廣場革命（Euromaidan），幾個月的群眾努力後，最終成功推翻了親俄總統亞努科維奇（Viktor Yanukovych），不少香港人當時得到極大鼓舞，相信民意可以戰勝極權。運動期間，不少香港人都以烏克蘭的經歷互勉，雖然結果事與願違，但與烏克蘭的心理距離大幅度拉近。我那時候的香港公司也曾在2017年舉辦烏克蘭深度遊，參觀了2014年革命有關的種種景點，深深感到一切似曾相識。

到了2019年的香港反送中運動，講述2014年烏克蘭革命的紀錄片《凜冬烈火：烏克蘭自由之戰》（Winter on Fire: Ukraine's Fight for Freedom）成為街頭映畫熱門選擇，不少香港人通過烏克蘭人的經歷，堅定了抗爭勇氣，當然，也理解到前路的迷茫與不可測。當時香港依然有《蘋果日報》，他們曾主辦一場《凜冬烈火》放映座談會，邀請我當嘉賓，記得當日居然有數百人到《蘋果日報》大樓放映室，提問非常積極，彷彿香港就是烏克蘭戰場。

烏克蘭街頭畫家Vladi也在運動期間，在街頭繪畫第一手實況的運動版畫，深受香港市民歡迎。想不到《港區國安法》通過後，連支持烏克蘭人抗俄，也被官媒恐嚇為「違反國安法」，Vladi也被「新香港」政府拘捕、驅逐回國，反而更堅定了香港和烏克蘭的同氣連枝。

為聲援烏克蘭人民，我們的社交媒體和香港「流白之間」劇團在疫情高峰期間，舉辦了一場網上讀劇義演，獲原作者、烏克蘭編劇及電影導演 Natalya Vorozhbit 及翻譯 Sasha Dugdale 授權，將劇本《Bad Roads》改編為廣東話版，全部網上門票收益不扣除成本，均捐予烏克蘭組織 Come Back Alive，籌得超過45萬新台幣，充分反映這種救人自救精神。「Stand with Ukraine」和「Stand with Hong Kong」、「Stand with Taiwan」，終於進入自然契合的串連。

「新香港」政府雖然整頓、解散了幾乎所有自由媒體，大量熱情無限的新聞工作者卻釋放了更多潛能，幾位香港記者、攝影師冒險進入烏克蘭戰地，而且不是一鱗半爪的「後戰地」打卡報導，而是長駐當地幾個月，和烏克蘭人一起經歷、見證這場歷史巨變。我在台灣的同事《同文》新聞網站團隊，也派出記者到烏克蘭——波蘭邊境，深度採訪大後方和難民營。

在台灣，廣場革命和太陽花運動也近乎同步出現，到了2022年，支持烏克蘭的台灣集會如雨後春筍，不少在台灣讀書、工作的烏克蘭人都走到最前線，呼籲世人支持家鄉。其實，他們同時也是在保衛台灣，警告和俄羅斯同類思維的極權不要輕舉妄動。烏克蘭人奮勇抗敵的表現，除了為台灣自衛打下強心針，也令世界各國更關注台海局勢，台灣周邊的印太強國無不對共同對手憂心忡忡。「支持烏克蘭就是支持台灣」，令台灣人民的國際視野空前高漲。台灣政府開設的援助烏克蘭戶口，更具有劃時代象徵意義。

「夜越暗，星越亮。」無論對烏克蘭、還是香港，無論大黑暗時期有多長，我們深信，某時某地，終有一天，會迎來光明的新生。

編者序──對烏克蘭，曳光彈中的學習

──鄧小樺

2月24日俄羅斯軍隊入侵烏克蘭，從此許多人不得安眠，不止是在烏克蘭的人們，也包括俄羅斯的人們、歐洲的人們、遠在千里外的我們。我們在手機與網絡上追看關於烏克蘭的消息，而同時，許多關於烏克蘭的文藝狀況與歷史，也隨著這個國家所遭受的厄難，一同進入我們的視野。

我們是慚愧的──我們中許多人，對於這個國家所知本不多，包括編者，都是在戰爭新聞湧現的同時，開始較多地接觸到這個國家豐厚的文藝歷史，以及當代爭取自主與自由的文藝實踐。一切都同時染上了炮火與戰鬥的色彩。猶記得俄軍轟炸基輔的夜晚，炮彈、曳光彈、反導彈火箭炮等等凡人未能一一辨識的火光，像極其燦爛的煙花，燃亮了基輔的夜空（這樣的夜晚後來還有很多）。那時，編者已經開始學習到，烏克蘭的文藝歷史，本也有與那炸裂的火光，同樣強烈的亮度。這種認知，加強了我們對戰爭的感受：厭惡、憂心、敬仰、共在感、同仇敵愾。

本書收集的是2022烏克蘭戰爭期間，在各種新聞及文藝媒體上，關於烏克蘭及戰爭的文藝資訊及創作。一切的起點，當然是我們希望，為烏克蘭做些甚麼。第一章「圍繞著國族問題的烏克蘭當代文藝景觀」，收集在港台各媒體平台上關於烏克蘭的文藝引介。首兩篇是關於影視的文章，首先是《濁水漂流》導演李駿碩，他將烏克蘭總統澤連斯基（Volodymyr Zelensky，台譯澤倫斯基或澤雷斯基）喜劇演員的個人身份，與其在戰爭期間震動世界的表現連接起來分析，事實上，在戰爭早期，喜劇演員這個文藝工作者的身份，曾令澤連斯基受到輕視。而李駿碩指出，在現實中澤連斯基的行動，沒有背叛他自己在嬉鬧劇中的臺詞：「不會離開烏克蘭」。娛樂虛構作品，竟有機會反過來導引現實中人的抉擇與行為，這原來是一個文藝事件。毋庸置疑，當下世界對烏克蘭的關注與認識，與其近年在電影與記錄片的創作產出有深厚關係，紀錄烏克蘭獨立廣場革命的《凜冬烈火》功不可沒，而新生代的電影作品兼有沉鬱與尖銳，呈現著多維度的烏克蘭，苦難與壓迫絕不能全面扼殺想像力與創造力。俞若玫寫烏克蘭的當代音樂，自由可以溢出政治的場域，發出甜美呢喃或刺耳的噪音，與自然共鳴也可以是一種取態。何潔泓文章聚焦虛擬貨幣及NFT世界中對烏克蘭戰爭的回響，勾勒出一條反抗、發聲與支援的路線，虛擬貨幣世界並非只有交易，它原也是反抗既有強權的最前沿。其實在戰爭爆發以來，許多藝術界別都有反戰反侵略與支持烏克蘭的表態與行動，如古典音樂界對親普京（Vladimir Putin，台譯普丁或蒲亭）音樂家的杯葛、電影組織與電影人的發聲，藝術家的繪畫義賣籌款、對烏克蘭博物館的搶救等等，可惜本書出於資源及種種原因，無法全面收錄。

在一個港人討論會上，有人問國際政治學者，香港和烏克蘭最大的不同是甚麼？學者回答，最大的不同是，烏克蘭是一個有兩千年歷史的國家。在民族認同的場域，語言必然是尖銳的交鋒點，楊子琪的文章點出了，烏克蘭不少作家開始選擇以烏克蘭語創作，這取向在戰爭發生後肯定更為明顯。楊文中所訪問的多為文字工作者，部分如魯芭．雅金楚克（Lyuba Yakimchuk），本書中還有其它文章提及她及她的作品。這裡有微微的特殊感觸，如同在戰爭廢墟中見到認識的人。宋子江的文章由古代烏克蘭詩歌、哥薩克時期、浪漫主義時期一直數到當代（包括他自己的譯介），闡釋了歷代詩人在自由表達與政治傾軋之間的掙扎與突圍，現實的維度與語言的維度互相交織出一個比獨裁更恒久的世界。烏克蘭全民皆兵，其中烏克蘭女兵的圖像令一些人驚喜，而中國小粉紅「收留烏克蘭美女」的網絡言論也引起不滿，可見戰爭中的性別維度隱伏存在。蘇麗真的文章聚集烏克蘭文學中女性戰鬥者的形象，閱讀這些比較合乎正道——就兩千年歷史的國家而言，文學中存在豐富多元的女性形象以至女戰士文學可以信手拈來，基本啦。詩歌打破定型與刻板印象，也不相信固有的疆界與陣營，收錄印卡〈後蘇維埃時期迷惘一代的詩歌〉一文，乃是出於這樣一種想像：在俄國中不畏被收押而進行反戰示威的千萬人，與烏克蘭人們一樣，都在爭取發出獨立自主的聲音，反嗆獨夫普京的野心。

本書第二部分收錄雅金楚克、謝爾蓋・扎丹（Serhiy Zhadan）、伊利亞・卡明斯基（Ilya Kaminsky）、伊亞・吉娃（Iya Kiva）、維亞切斯拉夫・胡克（Vyacheslav Huk）、史蒂夫・科馬尼奇（Steve Komarnyckyj）六位烏克蘭當代詩人的譯詩，來自宋子江、彭礪青、李敬恒、曹馭博、蔡元豐、蔡素非、關天林各位譯者，刊於他們的臉書、文學媒體「虛詞」、《字花》、《聲韻詩刊》。生於亂世，文學何用？這是近年來香港文化界經常捫心自問的問題。而在一個兩千年歷史的國家，面對戰亂與侵略陰影的詩人倒無暇這樣自問，他們的書寫近乎是本能，內在於身體，不能被截斷的水流。本書中所收的不少譯作來自這些詩人戰爭期間的臉書，許多是無題之作，顯是順筆而成——寫詩是他們呼吸的方式，同時也讓他們爭取到國際對烏克蘭的關注。戰爭時期，所有事物都可能被摧毀，因此所有方式都被需要，所有事物都有效果與自己的位置——是不是因為有這樣的信念與底氣，所以烏克蘭人凝聚了世界對他們的支持？

這些詩是戰爭的真實，它們甚至沒有提撕士氣的任務，只是反映出暴力的陰影，對各種陰影的理解與描述，表達尖銳的刺痛，也敘述寧靜的存在。人的存在，比戰爭暴力更為綿長。詩歌既尖銳，也能容納含混模糊之物，像札丹，在本書中他的詩作選譯數量最多，亦是普遍認為當代烏克蘭最好的詩人；而他生長於較親近俄羅斯的烏東地區，本身用俄語寫作，他並不傾向民族主義的非黑即白，而他在戰爭時期不斷更新臉書上載作品則明確讓更多世人支持烏克蘭，同時了解烏克蘭更複雜的部分。戰爭年代的烏克蘭詩歌揭示著，在重壓之下，生死存亡之際，僅僅是保持自己的聲音，不被暴力侵略的自己的聲音，就是一種凌駕於現實之上的，文學的真實。當在戰爭的巨大背景之下，讀者應該比以往更容易理解詩；而這些詩也有著長久的穿透力，將在很遠的之後再提醒我們，有些事物必將存在，不被炸毀。

以編者的經驗，遭遇重大現實事件時，往往也是向普羅大眾推廣文學閱讀與創作的好時機。第三部分是港台詩人回應戰爭的詩作，有人嘲諷普京，有人憐惜難民，對人或地方致意，有戰意，有哀惜，也有諷刺，作者橫跨三十年代生人至九十年代生人，包括資深作者與新晉作者。可惜時間與篇幅有限，未能收錄更多。如遇摧肝斷腸之痛，詩本是常見的抒發途徑——記得 2012 年李旺陽過世之後，當夜香港人傷心斷腸者眾，網絡一片哀痛，有八十後文青網上發起活動召集詩作，後得二百多首詩，成名詩人與素人皆有提筆，短時間內集成《我們都是李旺陽》詩集，在遊行中派發。當年過程我沒有參與，只是欣羡行動迅捷漂亮。當年策劃的八十後文青都已為人父母，只有我依舊孑然一身，可以自由使用自己的時間趕編本書。想逆向回溯的是，在以往的香港，發生社會事件，有聚集、行動、表達支持與反對聲音的文藝活動，都是正常不過的事——而今，有外籍男女在中環舉烏克蘭國旗遭指控違反防疫限聚令，本書中亦有詩人不敢為支持烏克蘭的詩署名，原來奼紫嫣紅開遍，似這般都付與斷井頹垣。此誌，在他人的戰爭中，重記我們的意志。

本書之成，文章乃來自多個平台，包括《端傳媒》、《明報》、「虛詞」、《字花》、《聲韻詩刊》以及各位作者臉書；吾輩身處安全地帶的人們，能夠在戰爭期間，同時汲取到如許多的知識與創作，都仰賴文章作者、媒體平台、詩人與譯者本身的努力與學養。在此感謝各位作者及媒體編輯記者的努力，以及慷慨允予轉載。本書在一種「做太慢的話不知出版時世上還有沒有烏克蘭這個國家」的焦慮籠罩之下，以狂飆的速度完成，在此感謝執行編輯沐羽、設計的修、校對的謝傲霜和蘇朗欣，以及 1841 出版社全人等的傾力付出，還有列名推薦名家的支持。本書製作團隊已經捐出五萬元予烏克蘭作醫療、軍事、重建之用，接下來還請讀者，通過閱讀本書來支持烏克蘭。戰時烏克蘭人是這樣打招呼的：榮光歸於烏克蘭。也願榮光歸於所有不放棄反抗的人。

目錄

序言：夜愈暗，星愈亮／沈旭暉——2
編者序：對烏克蘭，曳光彈中的學習／鄧小樺——6

第一章、圍繞著國族問題的烏克蘭當代文藝景觀

笑匠、英雄，或人民公僕／李駿碩——18
烏克蘭四大導演：你在新聞裡看不到的，電影都有講出來／謝以萱——24
誰是「烏克蘭人」？語言與民族認同／楊子琪——38
詩在烏克蘭：過去與此刻，你就是武器，武器就是你／宋子江——58
後蘇維埃時期迷惘一代的詩歌／印卡——86
詩、槍枝與向日葵：戰火中的烏克蘭女性／蘇麗真——92

烏克蘭詩人謝爾蓋・扎丹——以「他人」視角，審視成長的烏東城市／彭礪青——104
音樂在烏克蘭的真實身份：弱小可以抵禦砲火的秘密／俞若玫——110
區塊鏈中立，但人不是：加密貨幣支援前線／何潔泓——122

第二章、烏克蘭當代詩人作品選譯

魯芭・雅金楚克：詩七首——134
謝爾蓋・扎丹：詩十九首——148
伊利亞・卡明斯基：詩三首——202
伊亞・吉娃：詩七首——208
維亞切斯拉夫・胡克：詩六首——218
史蒂夫・科馬尼奇：詩一首——234

第三章、港台詩人創作回應戰爭

朱少璋：詩一首——240
崑南：詩一首——242
彭礪青：詩一首——246
劉偉成：詩一首——250
廖偉棠：詩四首——254
黃潤宇：詩三首——262
羅貴祥：詩一首——266
鄭點：詩一首——270
干木：詩一首——272
曹疏影：詩一首——276
璇筠：詩一首——278

無名氏：詩一首——280
施勁超：詩一首——282

第一章

圍繞著國族問題的烏克蘭當代文藝景觀

笑匠、英雄，或人民公僕

——李駿碩（導演）

澤連斯基三年前當選時，西方一直對這位素人總統抱懷疑態度，他最為人知曉的事蹟算是與特朗普（Donald Trump，台譯川普）的那通電話，事後他否認被對方威脅。由上年年尾，到冬奧完畢俄羅斯正式入侵的那段時間，甚至有西方評論認為烏克蘭面對戰爭一觸即發的危機，需要更有經驗、更強悍或更圓滑的領袖。

在極權世界那邊，笑匠參選並成為總統，彷彿已是一個反對民主的理由：民主是場大笑話，面對強人如不乖乖跪下，就只有走上亡國之路……

烏俄戰爭幾天之內，澤連斯基成為自由世界的抗戰英雄，憑著勇氣、堅毅和鼓動人心的演說能力，團結烏克蘭人抵禦入侵者，也令西方列強不得不與俄國劃清界線。不管這場戰爭最終如何落幕，他的名字也定必被歷史記住。

喜劇的力量

《人民公僕》一五年面世，是烏克蘭獨立廣場革命後的第二年，此劇不但娛樂性高，也呈現了當代烏克蘭的社會氣氛。故事節奏明快，第一集三扒兩撥就交代了一個歷史教師如何誤打誤撞被選為總統，廿三集的主線聚焦他和他團隊如何在千瘡百孔的政府體制下打擊貪腐，如何夾在歐亞大國之間處理經濟問題及國際關係，如何在革新過程中被寡頭利益集團暗算，以及選民對社會改革的反饋。

在現在這個時空看這七年前的作品，許多本來只是笑料的情節變成了真實，就算是很隨意的對白，例如總統酒醉未醒向記者說烏克蘭人英勇、剛毅、自由，艱險中定能撐過去，又例如當眾人以為總統被綁架，他對著黑暗說「為祖國而死，也是幸福的」，最標誌性的莫過於是他對著民眾大喊「我不會逃跑」。各種喜劇的錯摸如今看來實在笑中有淚。

此劇包含了出色的傳統肢體喜劇，總統為了逃避問題常與總理、銀行長在政府總部玩捉迷藏，其出身庶民的家人亦擔當了大量嬉鬧情節。副線的外交部長與其木獨（編按：木訥之意）女助理在會見不同國家使節時插科打諢，遊走東西文化差異，好些情節幾近政治不正確，卻又收放自如，突顯了烏克蘭的地緣政治。

不過此劇最出色的莫過於是不同的狂想戲碼，由於主角出身歷史科，每當遇到難題、天人交戰時，他內心總會上演小劇場，與不同的歷史人物瘋狂辯論，時而借古諷今，遠至古希臘作家普魯塔克（Plutarchus），到萬箭穿心的凱撒大帝，到解放黑奴的前美國總統林肯，奔放之餘見深度，可見創作團隊有學養。

在嬉笑怒罵中，此劇反建制、反極權，同時反思民族的「劣根性」，字裡行間充滿大智慧，愈好笑就愈會擊中權力要害。這是極權世界難以想像的，當創作只能夠在紅線下進行，笑匠只會令人聯想低俗趣味，娛樂至死。在自由的國度裡，喜劇可以是言志而且高尚的。

到最後堅定的還是素人

《人民公僕》裡的意外，總統澤連斯基參政，以「人民公僕」創黨當選，這可能是當代最傳奇的文本互通。當中最連貫的，就是他作為素人的真誠。

在第四集宣誓就職禮，他拋棄了原本的講稿，簡短地道出他的任務，他只為了對得住下一代，以及上一代。不用花巧的術語，這種簡單直接的風格與他幾次現實中的講話如出一轍，這是政治世界中一直缺乏的。說人話，是稀有的領導才能。他幾次說到，不會輕下承諾，但承諾了就必定要做到。

他不是個完人，劇中我們經常看到他穿背心的落泊模樣，大至社會改革小至家庭生活處處碰壁，婚姻失敗，且會在重要場合鬧酒。戲文亦不時嘲諷他的身高，以及他母語不是烏克蘭語。在政治領域裡，他往往是個邊緣者，卻拉近了與普羅觀眾的距離。

反觀早幾年的內地電視劇《人民的名義》，同樣是反貪腐的戲碼，觀眾紛紛表示同情貪污者，而非陸毅所演的反貪局署長。原因無他，主角是個完美又帥氣的人，一開口往往義正辭嚴，不過是個會行走的廣告牌。相反貪官每晚睡在鈔票上，含著淚說一句「窮怕了」，才是有血有肉的人話。這叫國情。

澤連斯基戲內戲外的政治事業沒有一帆風順，對內被官僚制度縛手縛腳，對外就加入歐盟之事遭德國戲弄、被國際貨幣基金組織欺凌。劇集或者是一場預演，好事如奇蹟當選，壞事如民望插底，全部一一實現，而戲內澤連斯基最喜歡開的玩笑，是「普京倒台了」。或者比想像中要快。

在最重要的關頭，當政治家理論家都高舉著理性主義作背叛人民的藉口，這個年代最堅定最勇敢最講政治道德的，往往是素人。

這段日子工作被迫暫停，社交也停。我每天讀著新聞，以東歐時間作息，身心俱疲卻徹夜難眠，怕起來看見基輔（Kyiv）淪陷，或澤連斯基被刺的消息。追看《人民公僕》，不只因為這是甚具歷史性的文本，更是因為它非常好看。我剛剛看畢了第一季，目前還有兩季，如果烏克蘭過到這一關，澤連斯基以後的創作素材可多了。

（文章刊於《明報》網站）

烏克蘭四大導演：你在新聞裡看不到的，電影都有講出來

——謝以萱（電影工作者、策展人）

俄羅斯自2月24日對烏克蘭發動軍事攻擊至今，除卻歐美各國政府對其進行經濟制裁以外，許多藝文機構與電影產業也對普京的惡行發表聲明譴責，並以行動支持烏克蘭。

行動包括迪士尼、索尼與華納兄弟等好萊塢巨頭紛紛中止在俄羅斯的電影發行；康城影展、威尼斯影展、多倫多影展等國際電影節也公開表示將禁止俄羅斯官方代表團出席，並抵制任何與俄羅斯政府有關係的組織與機構，但不禁止俄羅斯電影從業人員參展，因為仍有不少創作者與文化工作者是長期冒著牢獄之災與身家安全在與普京政府對抗。

此外，還有威尼斯雙年展俄國館的策展人馬拉紹斯卡斯（Raimundas Malašauskas）、莫斯科普希金國家美術館的副館長奧普德烈諾夫（Vladimir Opredelenov）辭職以示抗議，莫斯科重要的藝術據點車庫當代美術館（Garage Museum of Contemporary Art）亦表示將停止所有展覽舉行，直到普京結束對烏克蘭的入侵。

在國際文藝界有所行動的同時，也有烏克蘭導演為此戰爭發聲。現實與歷史畢竟複雜，電影與紀錄片卻留下砲火無法毀掉的。我們於此來看看烏克蘭最重要的四位導演，他們或以紀錄片拍攝當代烏克蘭和俄羅斯關係的重要轉捩點，發掘後真相時代烏東地區錯綜複雜的社會現實；有人以鏡頭為普京見證，恍然今日之現實早已經熒幕預告（藝術本來就是鏡像與預言）；有人大半生都在與蘇聯電影審查制度糾纏……

01 瑟蓋・洛茲尼察：電影是我面對現實所能做到的

日前，當代重要的烏克蘭導演瑟蓋・洛茲尼察（Sergei Loznitsa）宣布退出歐洲電影學院（European Film Academy），以譴責該機構主席克諾（Matthijs Wouter Knol）面對俄羅斯政府的軍事行動所採取的軟弱態度。

洛茲尼察在聲明中提到，早在2014年，當俄羅斯電影人歐雷・森佐夫（Oleg Sentsov）因為公開反對普京政府在克里米亞的作為，而被法院裁定策劃恐怖主義行為罪名，判處二十年監禁時，歐洲電影學院只警告俄羅斯當局「應該要審慎和公平地思考此事」（consider this matter carefully and fairly）；時隔八年，當普京發動更猖狂的武力入侵時，歐洲電影學院的態度卻仍只是「對烏克蘭的入侵讓我們非常擔憂」（The invasion in Ukraine is heavily worrying us）。

洛茲尼察表示了他對於西方各界領導者的不敢置信，因其低估情勢，甚至是為了與俄羅斯進行貿易而養壯了這頭惡狼，天真地期待普京總有一天會回心轉意的盲目與姑息態度，而如今事態走向此局面，歐美各界其實也難辭其咎。

拍攝基輔民主示威：告訴你 Netflix 紀錄片沒有的事

洛茲尼察於 1964 年出生在今白羅斯巴拉諾維奇（Baranovitchi），隨後和家人搬到基輔，在蘇聯政權轄下的烏克蘭度過年少時光；1991 年，他進入莫斯科電影學院（即格拉西莫夫電影學院），當時正是蘇聯面臨瓦解的時代轉捩點。千禧年後，洛茲尼察搬到柏林定居，二十多年來拍攝近三十部作品，以紀錄片居多，其中也有劇情電影。他的創作圍繞著自己的家鄉烏克蘭，以及受到蘇維埃政權統治影響下前蘇聯地區的歷史與社會政治現況。

例如以基輔獨立廣場（Maidan Nezalezhnosti）為題的紀錄片《Maidan》（2014），記述 2013 年冬天發生在基輔獨立廣場長達92天的民主示威運動。當時親俄的前總統亞努科維奇突然中止原先承諾與歐盟簽署的自由貿易協定，引發親歐盟的烏克蘭民眾走上街頭。原本是和平的示威遊行，最終卻演變成亞努科維奇政府動用武裝軍隊，在基輔街頭發生血腥暴力的流血衝突，最終釀成上百人死亡，千人受傷。這起事件是當代烏克蘭和俄羅斯關係的重要轉捩點。

關於此抗爭運動的電影，可能更為人所知的是由韃靼斯坦出生的美籍猶太裔導演葉夫根尼．菲尼夫斯基（Evgeny Afineevsky）拍攝的《凜冬烈火：烏克蘭自由之戰》。這部慷慨激昂的紀錄片以相對傳統、典型的敘事方法，陳述導演菲尼夫斯基對此運動的立場與觀點——雖然影片採用大量的訪談內容，但基本上這些來自不同街頭示威民眾的陳述皆指向相對單一的觀點，呈現反對親俄政府的烏克蘭人如何不滿亞努科維奇的作為、如何相信民主自由的理念。這部由 Netflix 製作的紀錄片似乎意在匯聚人們憤慨的情緒、激發最終必將凱旋勝利的論調，存在著扁平化烏克蘭社會對俄羅斯態度之複雜性的敘事危險。

相較於此，洛茲尼察的《Maidan》則自持地選擇不將鏡頭聚焦在單個人物身上，而是以一個個廣角定鏡，拍攝著廣場發生的事情。他在混亂的廣場上盡可能地維持著理性的距離，不跟隨特定人物敘事，而試圖站在廣場中間，降低多餘的敘事干擾（但並非沒有觀點），呈現這段期間發生在廣場周遭的人事物樣態。

洛茲尼察的《Maidan》選擇的敘事策略恰恰與《凜冬烈火》產生鮮明的對照，後者透過大量的個人敘事講述單一的觀點，而前者則試圖將個人的敘事色彩降到最低——以定鏡拍攝，廣場周遭的民眾來來去去，近乎是消弭個人的類匿名狀態，以呈現某種集體的圖像。我們從《Maidan》鏡頭的不動與自持所感受到的，反而是股強烈的「流動」，那流動來自現場烏克蘭民眾的信念與能量，是一張張個人的臉龐所匯聚成的集體力量。

後真相時代：烏東地區有多複雜

除了紀錄片以外，洛茲尼察也拍攝劇情電影，其中《著魔的國境》（Donbass，2018）即以烏克蘭東部的頓巴斯（Donbas）為故事場景。2014 年該地區的分離主義勢力在俄羅斯的支持下，獨自宣布獨立，與烏克蘭政府發生軍事衝突不斷，「一群人眼中的恐怖份子，是另一群人眼中的自由戰士。」

在《著魔的國境》中，洛茲尼察塑造了一個真假難辨的瘋狂世界，影片初始，一群演員在後台準備上場，很快地我們便發現這群演員打算上演一齣烏克蘭民族主義份子高舉恐怖主義大旗的假新聞報導，電影以帶有庫斯杜力卡《地下社會》（Underground）的瘋狂荒誕、黑色幽默的冷冽調性，後設地遊走在虛實之間，呈現後真相時代的烏東地區錯綜複雜的社會現實。

洛茲尼察除了以攝影鏡頭拍下觀察到的事件與現象以外，近幾年更著重在使用現成的歷史檔案影像（archival footage）發掘並爬梳受到前蘇聯影響的人物與時代故事，對社會現況提出深刻且極具批判力道的省思。例如《歡迎光臨史達林葬禮》（State Funeral，2019）取材自俄羅斯國家影像資料館（Russian State Film and Photo Archive）典藏的斯大林葬禮期間的大量影像紀錄，洛茲尼察透過細膩的剪輯，將這些素材重新組織成一齣諷刺極權主義、駭人聽聞的世紀哀歌。

2021 年康城影展首映的《Babi Yar. Context》，則是洛茲尼察與娘子谷猶太人屠殺紀念中心（Babyn Yar Holocaust Memorial Center，又譯巴比亞大屠殺紀念館）合作的電影。他運用大量拍攝於二戰期間的影像檔案，以縝密的剪接敘事，講述這段發生在烏克蘭境內娘子谷地區的悲劇：1941 年納粹佔領該地，對當地猶太人展開大規模屠殺；同年年底俄軍攻入基輔，再到 1943 年美國記者訪問大屠殺的倖存者，最終結束在戰後的審判。

洛茲尼察爬梳大量的影像檔案，深入歷史複雜多義的層理、運用視覺與聲音的組織敘事，試圖理出時代的真實歷史。時隔半世紀，過去的傷痛尚未平復，如今娘子谷地區又遭受普京砲火無情轟炸。洛茲尼察雖未曾親臨那時空，但透過當年留下的影像，他像是駐紮娘子谷地區的攝影之眼，親眼見證人民是如何在不同政權更迭下，受到無以抹滅的傷害。

而去年在阿姆斯特丹紀錄片影展首映並奪得國際競賽首獎的《Mr. Landsbergis》（2021），以帶領立陶宛獨立運動的老藍斯柏吉斯為主角（為今立陶宛外交部長的祖父），呈現經歷蘇維埃政權統治的小國之民如何展現其爭取獨立自由的意志。訪談內容穿插蘇聯解體前的各種新聞資料畫面，包括歷史著名的「波羅的海之路」兩百萬人手牽手宣示獨立之決心的和平運動、立陶宛人民聚集街頭訴求獨立、人民議會裡各方闡述政治理念，推舉人民代表、蘇聯下令對立陶宛展開經濟制裁、鐵幕垮台前夕由戈巴卓夫（Mikhail Gorbachev，台譯戈巴卓夫，中譯戈爾巴喬夫）暗地許可的暴力鎮壓，以及戈巴卓夫與葉利欽（Boris Yeltsin，俄羅斯首任總統，台譯葉爾欽）之間的明爭暗鬥。

相較於著名導演荷索以粉絲之姿拍攝的《荷索會戈巴卓夫》（Meeting Gorbachev，台譯《戈巴契夫，幸會》，2019）展現帶著好奇眼光的西方望向神秘蘇維埃、從蘇聯之政權核心看鐵幕垮台前夕，烏克蘭導演洛茲尼察的《Mr. Landsbergis》則呈現一個完全不同的視角，深刻爬梳我們以為的蘇聯解體、前蘇聯各國家的獨立，其實都並非歷史的必然與偶然，而是眾志成城，人民流血流淚爭取來的。

02 維塔利・曼斯基：殘忍，是被政治切割的家庭照

當代另一位重要的烏克蘭導演：維塔利・曼斯基（Vitaly Mansky），1963年出生於烏克蘭利維夫（Lviv），他和差不多時代的同輩電影人或前輩電影人一樣，都在當時蘇聯最好的電影學院格拉西莫夫電影學院接受電影教育，拍攝紀錄片長達二十多年。然而，當許多同輩影人不得不選擇離開家園，到其他更適合創作的環境時，曼斯基選擇留下來，進入俄羅斯

國家電視台工作，在莫斯科創辦俄羅斯最大的紀錄片影展「Artdocfest」，試圖透過紀實的力量改變社會。然而，2014 年他仍在現實條件的限制下，移居拉脫維亞首都里加（Riga），「Artdocfest」影展也隨之遷徙。

曼斯基的人生經驗，其實與許多當代在國際影壇活躍的烏克蘭導演類似：於蘇聯時期出生、在烏克蘭長大，到莫斯科接受教育和職涯發展，對於國家和歷史文化的認同，實難以單一劃分。在其 2016 年的紀錄片《Close Relations》便深刻地處理了經歷前蘇聯統治的國族認同問題。

曼斯基的紀錄片擅長從自己的生活、拍攝身邊的親友出發，當時，克里米亞危機發生不久，普京軍隊入侵烏克蘭併吞了克里米亞地區，而烏東地區的紛爭也方興未艾。這部影片裡，曼斯基探訪多位散居烏克蘭與俄羅斯各地的親戚，走訪基輔、利維夫、敖德薩（Odessa）、主張分離主義的頓巴斯區域、克里米亞，以及莫斯科。

導演透過貼身採訪、記錄他們的生活，呈現即使是擁有同一張家族照片的一家人，在面對當前政治現況與身份認同問題時，存在的複雜難解的樣貌。《Close Relations》可以說是從一幀家庭合照出發的身份探尋，那幀照片是大時代的縮影，折射出經歷蘇聯統治的人群圖像，這背後體現出的乃是在現代國家框架與邊界之外，錯綜交織、難以被一刀劃分的認同羈絆。

鏡頭可以見證普京？

除了從常民視角出發的紀錄片以外，曼斯基近年的兩部作品《普京的見證人》（Putin's Witnesses，2018）和《戈巴卓夫．天堂》（Gorbachev. Heaven，2020）分別以左右國家命運、影響下個世紀國際局勢的政治人物為主角，呈現他們不同於外在世界理解的樣貌。在曼斯基流亡拉脫維亞之前，他曾經在俄羅斯國家電視台負責紀錄片攝製，製作官方的形象紀錄片，可以說是在政權核心的前線親身參與了蘇聯垮台的過程。

《普京的見證人》中他以日記式的家庭錄影帶搭配擔任電視台工作時期拍下的影像紀錄，在那關鍵的世紀時刻，近身拍攝年輕的普京冷眼旁觀老邁貪腐的蘇維埃政權崩解、小心翼翼地逐步展露其掌權的野心。對照現今的政治局勢，《普京的見證人》裡當年捕捉到的畫面如同某種預言，預示眼下的一切絕非偶然，亦非歷史的巧合。

《戈巴卓夫．天堂》同樣得力於曼斯基早年在俄羅斯國家電視台工作的經驗，他顯然與戈巴卓夫建立頗為親密的默契，才得以進入其私人宅邸拍攝他高齡九十的日常起居。然而，不同於荷索《戈巴卓夫，幸會》過度尊崇這位引領冷戰結束、蘇聯解體之傳奇領袖的視角，曼斯基更試圖在同樣是近身拍攝的紀錄片中，呈現這位近乎與戰後歷史劃上等號的政治人物其脆弱、老朽，面對時局早已無能為力的一面。《戈巴契夫．天堂》透過對戈巴卓夫晚年的勾勒，提出重新理解當前政治與歷史樣貌的一種途徑，彷彿對冷戰結束後又一個時代的逝去，提早吹響了輓歌。

03 瓦倫廷．瓦夏諾維奇：戰火令個體飽受摧殘

洛茲尼察、曼斯基這兩位出生於六〇年代的烏克蘭導演，他們的創作無論是劇情片或是紀錄片，大多是探究蘇聯這龐大駭人、帶有殖民性的政治系統在解體後以甚麼樣的形態殘留在前蘇聯地區，試圖將那些難解、未解的歷史難題問題化，並提出面向當代的詮釋。

而相較於他們，1971 年出生、成長於烏克蘭日托米爾州（Zhytomyr）的導演瓦倫廷．瓦夏諾維奇（Valentyn Vasyanovych），則是另一種路徑，他在基輔和波蘭接受電影教育，擔任電影《過於寂靜的喧囂》（The Tribe，2014）的攝影師與剪接，執導的作品《Black

Level》（2017）曾代表烏克蘭角逐奧斯卡最佳外語片。

《末日荒蕪詩篇》（Atlantis，2018）這部時空設定在 2025 年頓巴斯地區的近未來電影，是他最為國際影壇注目的作品。瓦夏諾維奇構建一個戰火過後的世界，罹患創傷後壓力症候群（Post-traumatic stress disorder，簡稱 PTSD）的士兵們在淒涼、荒蕪的鋼鐵廠工作，當地歷經武裝衝突後已了無生機。

關於個體在戰爭下飽受摧殘的處境，是瓦夏諾維奇電影中關注的母題，其最新的劇情長片《Reflection》（2021）聚焦一位曾被俄羅斯軍隊俘虜並目睹暴行的烏克蘭外科醫師，當他從戰場倖存返家後，世界將再也無法回到過去的模樣。瓦夏諾維奇在電影中描述的早已真真切切地發生在被俄羅斯武裝部隊入侵的烏克蘭土地上，只是在人們親眼見到前，沒人真正相信電影中勾勒的一切竟會發生在真實世界裡。

04 琪拉・穆拉托娃：比禁絕你拍電影的人活得更久

談到烏克蘭電影，絕對不能錯過琪拉・穆拉托娃（Kira Muratova，1934-2018）這位已逝的教母級導演。穆拉托娃 1934 年出生於蘇聯索羅卡（Soroca），一座隔著德涅斯特河與烏克蘭相望的羅馬尼亞城市，現在屬於摩爾多瓦共和國。自格拉西莫夫電影學院畢業後，她被蘇聯共產黨派到敖德薩電影製片廠，自此之後就定居在敖德薩這位於黑海旁的港口城市，直至 2018 年過世都未曾移居其他地方。

被評論者封為「蘇聯荒謬主義的女主祭」（high priestess of Soviet absurdism）的穆拉托娃，人生有大半的歲月都在與蘇聯電影審查制度糾纏，她的所有作品、她的人生，就是矢志抵抗專制暴政的最佳明證。

若穆拉托娃仍在世，看見普京政權對她鍾愛的敖德薩進行無情轟炸，即使是走過二戰、冷戰鐵幕等各種艱難時刻的她也想必會氣得咒罵。但或許，穆拉托娃的生命經驗帶給我們的啟示，無非是：要比所有禁絕你自由拍電影的人活得更久、更長，直到他們被時代的浪潮淘洗殆盡，而你還留有電影。

（文章刊於《端傳媒》網站）

誰是「烏克蘭人」？語言與民族認同

——楊子琪（記者）

「與自由同在！支持烏克蘭！」

在德州，聽見千里之外的祖國被俄軍炸開，巨大的憤怒使她身體顫抖不已。2月24日當日，烏齊西娜（Oksana Lutsyshyna）馬上到議會大廈前參與示威。烏齊西娜是詩人、作家，也是大學教授。這些年，她總是被美國生活和大學工作佔據自己，死線、學生、課堂……一夜之間，這一切都不重要了。這一刻，她是烏克蘭人，家人仍在她兒時的故居，一個叫烏日霍羅德（Uzhhorod）、在烏克蘭與斯洛伐克邊境的小城市。

「四月、四月，雪在融化。」

烏齊西娜那時仍是孩子。在烏日霍羅德，烏克蘭最西邊的城市之一，她和同學們一起學俄羅斯文學，這是一首關於四月的詩。在四月的俄羅斯北域，雪才剛開始融化；然而在烏齊西娜出生的烏克蘭西境，四月已是春天，孩子們跳入河水，櫻花也開了。

那是上世紀八〇年代，俄語在她的學校是必修。

「那是錯置的體驗，」烏齊西娜知道，「不屬於我。」

那甚麼才算屬於自己的身份？蘇聯在數年後解體，烏齊西娜和很多烏克蘭人一樣，一時無措——「突然之間我們變成『烏克蘭人』。我們還未能感受到那是甚麼，烏克蘭人是甚麼？」

詩人魯芭・雅金楚克對烏克蘭最初的記憶之一，是杏果。

1985年，雅金楚克出生在五一城（Pervomaisk）一個煤礦工人家庭，那是烏克蘭東部、頓巴斯地區的城市。與西部相比，頓巴斯在歷史和地緣上與俄羅斯有更深的連結，擁有烏克蘭其中一個最大的煤礦，也是前蘇聯的重工業中心。

在一般人的認知裡，烏克蘭西部親歐、東部親俄；然而，在雅金楚克的記憶裡，小時候的五一城是一個「愛國」的地方。父親告訴她：「我們是烏克蘭人。記好了。」她知道，家族裡曾有親戚在蘇聯時代被流放，儘管在蘇聯解體時，她才6歲，連列寧是誰也不知道。

後蘇聯時期的九〇年代，對雅金楚克來說是十分艱苦的日子。煤礦工人父親薪金被拖欠，在幼稚園工作的母親失業了。他們一家開始種植蔬菜。春天，杏花開滿山野，他們摘下杏果，到基輔開往莫斯科的火車上售賣。當她知道，原來俄羅斯沒有杏果，這件事深深印在她腦海。「這對我的身份認同很重要。」

多年後，她出版了詩集《頓巴斯的杏果》（Apricots of Donbas）。同題的那首詩，開首這樣說：「沒有杏果的地方，是俄羅斯開始之處。」

雅金楚克最開始嘗試用俄語寫作，最後還是覺得，用烏克蘭語寫詩才感覺自由。

2014年，俄羅斯吞併烏克蘭的克里米亞之後，親俄武裝份子控制頓巴斯地區，進行「獨立公投」，引發戰爭，雅金楚克和家人逃難到基輔。往日的故鄉被親俄派佔領，但那由杏花畫出的邊界，仍在她心裡。

自三十多年前獨立以來，烏克蘭問了多次關於「我是誰」的問題——他們是俄羅斯人嗎？如果不是，那「烏克蘭人」又是甚麼？在廣場革命中，他們又問自己是「親歐」，還是「親俄」？普京在揮軍烏克蘭前，甚至說過他們「根本不是一個國家」。雅金楚克筆下那條杏花的邊界，在現實中，烏克蘭用了三十多年去劃——代價是兩次革命，一場要粉碎他們身份認同的戰爭。

橙色革命：公民意識的開始

2004年，烏克蘭獨立後的第四次大選，反對派領袖尤申科（Viktor Yushchenko，港譯尤先科）在高民調支持下落選。在選舉結果宣布後幾小時內，被激怒的數千基輔市民湧入獨立廣場，抗議選舉舞弊，拉開了橙色革命的序幕。

儘管經歷了反對派媒體記者被殺、尤申科被下毒等一系列政局震盪，在基輔發生的，是一場溫和、和平的抗爭——人們在獨立廣場聚集，唱歌、跳舞，用尤申科選舉的代表色橙色作為抗議的顏色。示威者從全國魚貫至基輔，示威人數從20萬人擴展到50萬人。

當時贊娜（Zanna Sloniowska）已移居鄰國波蘭。示威熱潮蔓延時，她在當地追蹤烏克蘭新聞，又組織示威，做國際聲援。這是她第一次關切母國的政治。

贊娜是一名記者，也是近年冒起的獲獎小說家。2004 年是她移居波蘭的第三年。贊娜出身在七〇年代的烏克蘭西部利維夫，那裡曾被併入波蘭數百年，是一個邊境城市。地緣歷史加上家人的原因，她自小就說烏克蘭語、俄語、波蘭語，感受著「邊境式」的身份。蘇聯解體後，贊娜對獨立的烏克蘭並無很大興趣。她嚮往到歐洲遊歷，最終定居波蘭，那是她祖母的夢想。

2004 年，在波蘭克拉科夫（Kraków），置身聲援的示威隊伍裡，她唱歌、叫喊口號，和眾人一同自由地咒罵普京。贊娜發現，自己第一次拿起了烏克蘭的國旗。

朋友說：妳的烏克蘭身份開始萌芽了。

「烏克蘭的歷史太過痛苦。提摩希・史奈德（Timothy Snyder）說我們是『bloodland』（血色大地）。」贊娜說，「在過去那些世紀，我們曾被逼害，經歷過無數的死亡、災難、饑荒、戰爭……突然之間，我們可以跳舞、叫喊，做我們自己。」

「這是我們第一次在快樂的氣氛裡實踐自己的身份。那是純粹的快樂。」

研究烏克蘭身份政治的學者克羅斯特麗娜（Karina Korostelina）指出，獨立之後，烏克蘭沒有建構民主社會、國民意識；相反，卻一直維持蘇聯的心態和制度——「腐敗、家長式統治、行政失誤和反創意」，充斥整個烏克蘭社會。

前蘇聯政治體系換湯不換藥，經濟衰退，貪腐盛行，在民主的表象之下，「烏克蘭社會沒法團結、自我組織，沒有『我們』的身份，沒有公民責任感。」克羅斯特麗娜這樣寫道。

然而，2004 年橙色革命，對烏克蘭人的公民意識和國民身份建構似乎起了關鍵作用。

從基輔示威者的口號和他們展示的歐盟旗幟，贊娜感受到，這場革命展示的不只是烏克蘭人對貪腐的痛恨，還有他們對民主價值和歐盟的嚮往。從政治參與之中，她開始感受到一種公民的身份。

「這（橙色革命）可能是現代烏克蘭身份的開始：它不是民族（ethnic）的，而是關於公民和參與政治的。」這與贊娜對蘇聯的記憶剛好相反，「蘇聯的心態跟公民社會不相容，個人只是集體的部分，無法影響政治。妳來自香港，我想妳會明白。」

這也是克羅斯特麗娜教授的觀察：橙色革命激發人民相信自己的「能動性」，相信自己「影響政府並且改變國家的能力」。

橙色革命後，政治、經濟改革都不如理想，人們對尤申科的支持急遽下降。革新國家的希望落空，也令人們參與公民政治行動的慾望減低，對行動能夠獲得的效果也更懷疑。研究數字顯示，希望參與合法集會、示威的烏克蘭人，從 2005 年的 34.2%，驟減到 2008 年的 24.7%。

2010 年選舉，這一次，尤申科敗給了當初被橙色革命趕下台的亞努科維奇。

尊嚴革命：「對國家的責任，原來在我自己手裡」

當許多人似乎對政治行動失去信心時，革命卻再次降臨。

2013 年 11 月，時任總統亞努科維奇突然中止和歐盟簽署政治和自由貿易協議。當時，普京希望烏克蘭加入俄羅斯成立的歐亞經濟聯盟。

支持加入歐盟在烏克蘭並非多數派。基輔國際社會學研究所的數據顯示，2013 年 9 月，32.5% 受訪者希望烏克蘭加入歐盟，希望加入俄主導的歐亞經濟聯盟的則有 35.5%。

憤怒的人民再次湧到獨立廣場。烏克蘭記者娜塔利亞（Natalia）當時懷孕，但仍去採訪示威者、學生家長。當示威者們以女神雕像為中心，手挽手圍成厚厚幾層的人牆，到場的警察開始用警棍毆打示威者。一個母親問娜塔利亞：「我的孩子做錯了甚麼？」

這一幕深深留在她心裡。她感覺，「現在我們要麼成為警權國家，要麼成為民主國家。」

在大街，被毆至倒地的男子頭破血流，有示威者在抱頭倒地後，仍被數名警察揮棍毆打。這都被不同的鏡頭記錄下來。在警察的暴力驅散之後，12月1日，示威者再次佔領廣場，示威擴散至全國不同城市，不少大學停課，還有州份和城市罷工，議會被佔領。示威者不止抗議亞努科維奇的決定，更是抗議這些年來的貪腐橫行、經濟寡頭、警察濫權……歸根究柢，他們要抗議後蘇聯的傳統政治菁英缺乏改革意志、制訂政策能力不足。

人們自發運來食物和水，有人負責煮大鍋飯，有人負責營運臨時自修室，有人設立醫療區域，幫助受傷的示威者。在防暴警察的震懾下，示威者保持韌性。

這是橙色革命之後，娜塔利亞對烏克蘭生起的「第二次希望」。這一次，她希望將追求民主、親近歐洲的價值，寫進她對烏克蘭人的定義。

浩大的革命，最終在一、二月迎來殘酷的命運，過百名示威者及13名警察因衝突而死亡。亞努科維奇逃亡到俄羅斯。

在波蘭的小說家贊娜，在那一年第一次向人說出自己是「烏克蘭人」。在她認識的朋友當中，有人從此改用烏克蘭語言。「2014年革命對烏克蘭人是一次很強烈的經歷。」她說，如果橙色革命是公民意義的烏克蘭人身份的「懷孕」階段，廣場革命則是這個身份的「出世」。

青年尤莉亞（Yuliya Mishyna）三年前接受《端傳媒》訪問時說，橙色革命後國內種種政治內鬥，讓她對革命不抱希望，然而在 2014 年，她還是被朋友拉去了利維夫的集會。尤莉亞認為革命改變了自己，讓自己少了壓力和恐懼。

上月俄羅斯開戰以後，尤莉亞藏身在基輔周邊，再次想起那場革命。尤莉亞說，廣場革命讓她獲得一種責任感，讓她發現「對自己國家、社會、社區的責任，原來在我自己手裡。」

這種公民意識，是廣場革命為烏克蘭帶來的重要影響。

哲學家及英文網媒《烏克蘭世界》（Ukraine World）的總編雅莫蘭高（Volodymyr Yermolenko）也強調，從 2014 年開始穩固的身份認同，是一種跟語言無關的政治身份。

「這是一種政治的身份，因為它是多語言、多文化、多種族和多宗教的。我們有天主教伊斯蘭教猶太教，我們有所有基督教的分支……」從滿目瘡痍的基輔回到附近的安全住處，雅莫蘭高在電話跟記者一口氣說了一堆宗教的名稱。

不少研究烏克蘭身份認同的學者，都在討論身份認同的兩種面向：「公民（civic）」的面向（如居住地）和「民族（ethnic）」的面向（如血緣與文化）。烏克蘭國家科學院的學者庫里克（Volodymyr Kulyk）的研究指出，廣場革命之後，人們愈來愈傾向以「公民」而非「民族」的面向來決定國民身份認同。

隨著烏克蘭人的主體意識、國民身份認同高漲，2014年後，全國各地的列寧像被陸續拉倒，人們還改掉了與蘇聯有關的街道名字。這一切觸動了克里姆林宮的神經。

早在2008年北約峰會，普京就多次表示「烏克蘭甚至不是一個國家！烏克蘭是甚麼？……它的一部分土地是我們的禮物！」2014年，緊接廣場革命而來的，是普京揮軍吞併克里米亞。普京發表演講，說烏克蘭和俄羅斯是同一民族，基輔是俄羅斯城市的母親。2021年，普京發表了七千字長文，聲稱烏克蘭只是前蘇聯從俄羅斯土地上製造的人造產物。

無論是贊娜，還是烏齊西娜、雅莫蘭高、娜塔利亞，這些知識份子、詩人、記者，都對俄羅斯內稱呼烏克蘭為「小俄羅斯」的說法不以為然。

「俄羅斯將自己的歷史和身份根植於基輔羅斯，因此才會有小俄羅斯、大哥小弟的說法。

但這是他們的說法。」贊娜說，「隨著烏克蘭人越來越獲得、意識到自己的身份，俄羅斯也同時在失去他們的身份和根基，所以普京對烏克蘭如此執著。」

她覺得普京用「帝國主義式」思維，阻止烏克蘭走向自由世界。

回顧獨立後三十年的路，雅莫蘭高說，烏克蘭這些年的歷史，是與「尊嚴」有關的價值向東普及的故事。

「這是價值系統之間的競爭。你在香港，我相信你一定很理解。儘管有一些文化的共同點，但區分烏克蘭和俄羅斯的，不是語言，而是政治上的取態。」雅莫蘭高說，「俄羅斯相信政治要中心集權，但在烏克蘭，國家從來不是理想的概念，烏克蘭人從來對國家抱有懷疑，但我們有強大的公民社會，可以對抗國家。」

「公民社會、個人自由，這是烏克蘭與俄羅斯不同的地方。」

一種長期被壓迫的語言，如何模塑今日的烏克蘭人？

儘管公民意識在於政治理念和參與，而非基於語言，然而使用何種語言，在雙語的烏克蘭顯然成了一種與政治有關的選擇。

無論在中世紀沙俄時代，還是蘇聯，烏克蘭語都經歷過殘酷的壓迫，文化清洗並非陌生的字眼。

二十世紀初俄羅斯帝國時期，俄羅斯全國禁止在學校使用除俄語以外的語言。俄國革命之後，在列寧政權下，烏克蘭蘇維埃共和國獲得蘇聯政府承認，一系列的本土化、烏克蘭化政策得以實施，烏克蘭語基礎教育發展，烏克蘭語刊物流通。然而，從三〇年代開始，「烏克蘭民族主義」在斯大林（**Joseph Stalin**，台譯史達林，中譯史大林）政權下被重點打壓，烏克蘭語刊物、學校教學語言被強制轉為俄語，「大饑荒」導致數百萬烏克蘭人死亡，推廣俄語及文化的俄化政策在全國加速。整個烏克蘭語言和文化遭受巨大打擊。

上世紀八〇年代，俄化政策緩和。那時候，烏齊西娜正在學校學習俄羅斯文學，讀一首與烏克蘭氣候不同的、俄國四月的詩。

烏克蘭在二十世紀嘗試過四次獨立，最終在1991年蘇聯解體後走上自主之路。「在蘇聯或者前蘇聯時期，烏克蘭人要用俄語寫作，用俄語作為看待世界的出發點。」烏齊西娜說，獨立之後——「突然間，你要重新認識你的土地，並且思考烏克蘭語的位置。」

廣場之後，烏克蘭從官方到民間都在推動烏克蘭語。儘管莫斯科強調歷史統一論，強調俄羅斯與烏克蘭文化同源、是兄弟之邦，在兩次革命中建立了強烈民族身份的烏克蘭，卻更想切斷這種文化聯繫。

「知識份子和詩人都在轉用烏語。」烏齊西娜說，「從廣場革命感受到的國民身份，確實改變了大家。」她說2014年烏東戰爭爆發後，一些詩人朋友憤然轉用烏語寫詩。「轉變語言對寫詩是多麼巨大的挑戰？但他們再也不回頭。」

2019年4月，烏克蘭國會通過關於烏克蘭語作為國家官方語言的法例，強化烏語在媒體、教育、商務等領域的角色，例如規定在烏克蘭製作的電影要使用烏語，外語電影則需有烏語配音。2021年，新例實施，要求商店、咖啡館等場所必須提供烏語服務。就在今年1月，法例要求報刊雜誌所印發的烏語版本份數，需至少與他們所印其他語言版本的份數同等。

一系列較強硬的措施也引來反彈。俄語人口在烏克蘭佔約3成。一些俄語使用者抗議，新法例歧視他們。

烏齊西娜明白，語言是複雜的議題，在烏克蘭尤甚。很多家庭包括她的在內，都有不少雙語使用者。說俄語還是烏語，不必然等同對烏克蘭人身份的認同程度。她舉了個明顯的例子：總統澤連斯基就是俄語使用者，他出身中部俄語地區，也懂說烏語。

不過，她也認為，語言本身一定程度反映使用者生活的環境，也影響人看待世界的方式。

「語言在我們身體裡，生產出關於世界的圖景。」烏齊西娜說。對許多人來說，那個從烏語生產出的圖景，是獨立、自由、團結的烏克蘭。

戰火下，烏克蘭人說：我們重生了

「炮擊來了！」在接受一間外媒訪問時，火箭炮再次來襲，雅金楚克大叫起來。

2月24日，俄羅斯入侵烏克蘭。凌晨約六時，詩人雅金楚克被爆炸聲吵醒，她和丈夫衝到走廊，等到稍微安靜一點，丈夫馬上走出去，關上所有防風暴的窗蓋。這不是人人都有的設備，他們鄰居的落地玻璃窗在每一次的空襲時「哐啷哐啷」瘋狂作響，雅金楚克就讓鄰居到家中住了幾日。

開著杏花的故鄉五一城在2014年烏東戰爭被摧毀後，雅金楚克再一次經歷戰爭，這一次是鄰國全面的入侵。頭三晚，她無法入睡，在為兒子收拾行李時，她渾身激烈顫抖，一度失去所有力氣。

同在基輔的娜塔利亞也崩潰了。在戰爭爆發一個星期前，娜塔利亞還在和朋友狠狠批評澤連斯基的政策。現在，一切都不同了，她尊敬澤連斯基，認為他沒有拋下烏克蘭離開，在最黑暗、最關鍵的時刻為烏克蘭而戰，不像2014年尊嚴革命後，逃到了俄羅斯的時任總統亞努科維奇。

戰爭爆發後，澤連斯基頻頻出現在社交媒體，用多段自拍、演講的影片穩定軍心，激勵民眾全體加入抗戰。澤連斯基曾是演員，主演了一套針砭時弊的喜劇，急升的人氣將他送上總統之位。不少論者曾經質疑演員出身的他執政的能力，譏諷他帶電視台的人加入內閣。如今，他成了烏克蘭的英雄，在網絡以雷霆之勢俘獲民心，讚賞他的評論文章在西方主流傳媒俯拾皆是。

烏克蘭人正在用不同方式戰鬥。雅金楚克和丈夫把寓所變成避難所，接濟有需要的同胞。人們在社交媒體上自發形成救助網絡，需要幫助的人可以發帖文求助，有餘力提供食物和藥物的人則伸出援手。人們在 Telegram 建立義工頻道，方便溝通資訊。雅金楚克和丈夫在社交媒體籌款買物資，丈夫還外出幫助疏散其他地方的人。雅金楚克很為丈夫感到驕傲。

哲學家雅莫蘭高同樣感受到這種強大的國民凝聚力。「自下而上的抵抗外敵，所有人自我組織、齊心合力。」

雅莫蘭高原本住在基輔附近的布羅瓦里（Brovary），戰爭一開始就被導彈襲擊，他和家人撤退到另一個市郊地點。他們還沒日沒夜接受外媒訪問，希望向全世界展示這場戰爭的不義。雅莫蘭高主理的《烏克蘭世界》仍在做在地報導，小型的編採團隊從避難所來來回回。

「（在烏克蘭）很多講俄語的人都不再說自己是俄羅斯人，他們一起抵禦外敵，這就是戰爭帶來的影響。」身在波蘭的小說家贊娜說，「戰爭是一種強烈、黑白分明、不容許曖昧空間的事。」

娜塔利亞有朋友住在烏克蘭東部大城市哈爾科夫（Kharkiv）。那裡一度是俄羅斯帝國的工業中心，即使在2014年後，俄語使用者仍佔多數。如今大量報導指當地的俄語人士正在轉講烏克蘭語。娜塔利亞說，她的哈爾科夫朋友曾經崇拜普京，認同兄弟幫論述。但侵略戰爆發後，這個朋友說恨死普京、恨死俄羅斯，要堅持到最後，保護自己的土地。

「烏克蘭人的身份認同在過去幾年曾非常令人緊張，俄羅斯在2014年的入侵令早前親近俄國文化的人們有所轉變。普京的侵略只會加速這個過程。」雅莫蘭高獲《經濟學人》邀請撰文，他在文中寫道：「當俄羅斯人轟炸哈爾科夫的居民建築、摧毀中心廣場，每一發炮彈都在減少那些同情俄羅斯的人數。」

「俄羅斯輸了人心。」

「榮光歸於烏克蘭」，這句口號在每天澤連斯基的影片裡都會聽到。它在烏克蘭裡也成了最流行的用語，人們甚至用它來打招呼。這曾經與極右民族主義組織有關的口號，到了2014年的獨立廣場，卻被賦予了更多追求民主、自由的意義。去到今天，當澤連斯基每一次說出「榮光歸於烏克蘭」、「榮光歸於英雄」，它的意義又成了戰火下團結國民的號召。

「現在人們都不說上午好、下午好，因為一切並不好。」娜塔利亞說，「但他們會用『榮光歸於烏克蘭』來打招呼。」這時候她感到無比驕傲。

「當俄羅斯導彈飛過我們屋頂，我們的國家重生了。」一位名叫Anastasia的烏克蘭人特意寫下她的感想給記者。

尤莉亞在戰爭的第一天就離開了基輔。她說話常常嘆氣、停頓。她說交通很差，她靠搭便車、用盡各種方法，最後走了幾個小時的路，才和家人成功碰面，找到暫棲的安全地方。然而即使在那裡，每隔幾小時就有空襲警報響起。

尤莉亞說，戰爭讓她感受到對烏克蘭人「完全的信任」。她在三年前到歐洲求學，接受當時仍是記者的何桂藍訪問，後者如今因港區國安法等罪名被囚。尤莉亞在避難的同時，向記者詢問何的現況。「雖然我們從未想過人生會變成今天的樣子，**Gwyneth**（何桂藍）坐了監，而我經歷了真正的戰爭。不過我仍然相信，未來我們會再見面。」

專研東歐歷史的美國歷史學家、《血色大地》的作者提摩希．史奈德在一場對談裡說，過去的革命經驗強化了烏克蘭人的自我意識，「縱使外界不熟悉烏克蘭，但烏克蘭人十分清楚自己是誰。」

戰爭進入第20天，普京認為「不存在」的那個烏克蘭，仍在戰鬥。

（文章刊於《端傳媒》網站）

詩在烏克蘭：過去與此刻，你就是武器，武器就是你

——宋子江（詩人、譯者）

小時候聽過不少改編成中文的「前蘇聯」民歌，最著名的是烏克蘭民歌〈哥薩克奔赴多瑙河〉。那時還小，毫不了解烏克蘭的地緣政治。此時，俄羅斯發動戰爭侵略烏克蘭，烏克蘭總統澤連斯基動員全國力量，號召平民百姓拿起武器保家衛國。我在社交平台和新聞報導上都看到不少烏克蘭人準備上戰場，他們和親友道別的場面特別令人感動，即使不懂烏克蘭語，也知道他們在表達怎樣的情感吧。執筆之前，我看到一張新聞圖片，圖片中有一對烏克蘭情侶，大概只有二十多歲吧，他們正在道別。這張圖片讓我想起了〈哥薩克奔赴多瑙河〉這首民歌，開頭兩句歌詞的中文版特別令人感慨：

哥薩克出發上前線
我向愛人說再見

此時此刻，除了關注戰爭局勢，不妨觀其歷史和文化的一面側影，回顧烏克蘭詩歌的歷史，看看這個民族的詩歌在無比艱難中追求自由的歷程。

烏克蘭國民詩人：基輔火車站前大道以之命名

古代烏克蘭詩歌經歷過基輔羅斯時期（公元九至十三世紀）和哥薩克（Cossacks）時期（始於十六世紀）。在這段漫長且曲折的歷史裡，古烏克蘭語漸漸成為寫作語言之一，其詩歌形式在拜占庭讚美詩的結構基礎上，更吸納烏克蘭民歌的特點，不斷往更自由的方向發展。期間誕生了斯拉夫文化歷史上最重要史詩《伊戈爾遠征記》和著名的烏克蘭民歌〈哥薩克奔赴多瑙河〉。十九世紀上半葉，烏克蘭詩歌蓬勃發展，進入浪漫主義時期。詩人不僅有意識地運用烏克蘭民語（vernacular Ukrainian）寫作，而且更願意接受烏克蘭民歌的影響，並從中吸納了「柯羅蜜卡」民歌的節奏特色。更重要的是，烏克蘭浪漫主義詩人的作品表現出強烈的民族主義意識。

烏克蘭浪漫主義時期最具影響力的詩人是塔拉斯・舍甫琴科（Taras Shevchenko），不僅在引入「柯羅蜜卡」詩歌形式上作出巨大的貢獻，而且參與組織了「濟利祿及默多狄兄弟會」，密謀推動社會改革，追求公義、平等、自由等價值觀，抵抗沙俄帝國的統治。舍甫琴科的努力在兄弟會的其中一條改革路線上得以彰顯：讓各斯拉夫民族有權發展其語言和文化。舍甫琴科致力於推動烏克蘭語言和文化，就是一方面以烏克蘭民語寫作，一方面引入民歌的節奏，有利於烏克蘭民語在各區傳播。舍甫琴科的長詩〈夢〉對沙皇進行了尖銳的諷刺，這首詩的外洩導致詩人被捕繼而被流放。舍甫琴科於晚年獲准回到烏克蘭，生前留下〈遺囑〉：

遺囑——塔拉斯・舍甫琴科

我死後，請把我安葬
在我深愛的烏克蘭
請把我的墓碑高高地豎立
在遼闊的烏克蘭平原上
讓我看著無盡的草原
和激越的第聶伯壁岸

讓我聽著怒吼的河流
帶著敵人的鮮血
奔向藍色的海洋
我繼而與草原和山巒永訣
讓他們自由翱翔
直至我與上帝同在
再行祈禱……但是在那一刻到來之前
我對上帝一無所知
噢，把我安葬吧，然後站起來
掙脫沉重的枷鎖
以暴君的鮮血
澆灌你獲取的自由
在新的大家庭裡
在自由的大家庭裡
在柔聲細語中
再把我記起

這首詩流露出詩人臨終之時對生命思考，它流露出真誠的家國情懷，對自由的渴望，以及他對烏克蘭人民的寄望與關懷。有時候，詩在一定的歷史和個人語境中，能夠讓人感到它可以超越個體、生死、家國和時間，邁往一種永恆的境界，舍甫琴科的〈遺囑〉便是這樣一首偉大的作品。

時至今日，舍甫琴科仍是烏克蘭文化自治的象徵，今天基輔火車站前的大道以他的名字命名。2014年，舍甫琴科誕生200週年，哈爾科夫出現了17層樓高的舍甫琴科人像塗鴉，收錄在健力士世界紀錄大全，不愧是烏克蘭的國民詩人。

十九世紀下半葉，烏克蘭文學上最顯著的發展是現實主義和自然主義小說，而詩歌則進入相對沉寂的階段，除了一些模仿舍甫琴科的浪漫主義詩作，就是一些受現實主義啟發的詩作。從文學風格時期化的角度來看，烏克蘭文學和歐洲許多國家的文學發展幾乎同步。事實上，受現實主義啟發的作品，內容往往是描寫人民生活的苦況、鼓勵人民奮鬥，描寫比較直接，缺乏抒情的特質，而在形式方面則仍然採用「四行一節、隔行押韻」的一套，詩行上較為講究以音步為基礎的節奏經營。

在十九世紀末到二十世紀初，伊凡·弗蘭科（Ivan Franko）所著的抒情詩集《枯葉》以及萊莎・烏克蘭卡（Lesia Ukrainka）的詩劇才打破此局面。更難得的是，烏克蘭卡在詩劇中以古諷今，特別是《巴比倫之囚》，以巴比倫的囚徒比喻被沙俄帝國壓迫的烏克蘭人民。她還在《卡桑德拉》以木馬屠城的悲劇影射烏克蘭，透過女主角之口鼓勵烏克蘭人民不再冷對自己國家的命運。在形式方面，烏克蘭卡也大膽採用五步抑揚格，驚艷一時。

饑荒，政治迫害，小部分逃亡者

二十世紀初，烏克蘭詩歌受俄國和波蘭象徵主義詩歌的影響，開始迎來它的現代主義時期，詩人米科拉・禾洛伊（Mykola Voronyi）還發表過烏克蘭現代主義宣言，許多詩人也在集中在以「為藝術而藝術」為宗旨的《烏克蘭之家》文學雜誌發表帶有現代主義特點的作品，但是影響力均不足。到了二〇年代初，烏克蘭詩歌才迎來一波百花齊放的文藝復興：象徵主義、現代主義、實驗主義、未來主義、新古典主義、個人抒情、歌頌無產，以烏克蘭東部和西部各大城市的文學雜誌為陣地各據其位。

帕夫洛・蒂奇納（Pavlo Tychyna）和博格丹・伊格爾・安東尼奇（Bohdan Ihor Antonych）是這一波文藝復興中最顯著的詩人，他們開始採用更自由的詩歌形式，而且意象更顯驚艷，對各個陣營的詩人帶來不同程度的影響。他們的詩作在一〇年代末到二〇年代甚至過早地萌生出超現實主義的意象：

不要看似溫柔——帕夫洛・蒂奇納

不要看似溫柔
如此盛開的蘋果花
如群星熟如麥芒
我會感到悲傷

不要撫摸如絲
獵鷹的光芒
如日出時盛開的玫瑰
迎來晴好的天氣

日出醞釀著風暴——
那裡會再次落淚！
母親先醒來，然後是父親：
她在哪裡？我們的小燕子。

我在這裡，在花園裡，在長椅上，
在金盞花叢中……
我要向他們說甚麼呢？「一切如此清澈：
如此盛開的蘋果花。」

杯子——博格丹・伊格爾・安東尼奇

綠色光臘樹、鐮刀、群馬
男孩貼在玻璃窗上
春光傾倒在銀杯子裡
既緋紅，也透明

男孩熱切渴望一把鑰匙
他要打開春天之門
忽然陽光跳出草叢
如受驚的小馬

可惜，在這一波烏克蘭文藝復興中，只有少數人熬過三〇年代。眾所周知，一〇年代末到二〇年代初，烏克蘭獨立成國之後，又被紅軍推翻，成立了烏克蘭蘇維埃社會主義共和國，並成為蘇聯創始國之一。到了三〇年代，在蘇聯斯大林主義的毀滅性統治下，一方面，農業集體化造成了可怕的烏克蘭大饑荒，另一方面斯大林大肅反也迫害了許多不符合蘇聯官方文學方針的作家。小部分烏克蘭詩人逃亡到華沙、布拉格、甚至北美，在第二次世界大戰後成為離散烏克蘭詩歌的先行者；其餘留在烏克蘭的詩人不是死於大饑荒就是死於政治迫害，只有極少數存活下來。

無論如何，基本上，這一波詩人對現代主義的探索被殘酷的現實終止了。其後二十多年，活下來的詩人，包括上文提到的帕夫洛・蒂奇納，以及一些更年輕的詩人，都只能寫共產黨要求他們寫的社會主義現實主義詩歌，蒼白無趣，空洞無聊，缺乏詩質……相信熟悉中國現代詩歌史的朋友對類似的詩歌發展應該不會陌生。

詩的命運，人的命運

第二次世界大戰結束不久，世界進入冷戰時期。斯大林於 1953 年逝世，赫魯曉夫（Nikita Khrushchev，台譯赫魯雪夫）隨即進行去斯大林化的運動，推動有限的自由化政策。烏克蘭文學在此背景下，在有限的空間得到復甦，六〇一代（shistdesiatnyky）迅速崛起，代表人物有琳娜・克斯騰科（Lina Kostenko）和瓦希爾・西蒙寧科（Vasyl Symonenko）。

當時過於年輕的他們，不滿老一輩作家屈服於極權，銳意探索社會主義現實主義教條之外的文學風格。六〇年代中，六〇一代遭到親蘇共作家的一波猛烈攻擊，基本上就偃旗息鼓了：有些詩人投靠了蘇共；有些詩人主動陷入沉寂；有些則繼續參與烏克蘭異見份子運動，繼而遭到逮捕和迫害，多人死於勞教集中營。

無論如何，學界普遍認為六〇一代在地下詩歌的傳播、抵抗蘇俄沙文主義和俄羅斯化方面尤其貢獻。有了六〇一代作為前車之鑑，許多比他們更年輕的詩人懂得了留得青山在的道理，對於詩歌風格和內容的探索更為謹慎。即便如此，他們詩歌中烏克蘭精神的星星之火也被布里茲涅夫（Leonid Brezhnev，中譯勃爾日列夫）一波鎮壓而撲滅了。

在冷戰時期，雖然烏克蘭國內的詩歌發展不如理想，烏克蘭離散詩歌卻再度百花齊放。六〇一代出現的同時，博格丹・博伊楚克（Bohdan Boychuk）和喬治・塔納斯基（George Tarnawsky）創建紐約派，聚攏了一群活躍於紐約的烏克蘭離散詩人。上一輩特別是定居在加拿大的離散詩人，多以緬懷故土或人離鄉賤為主題，而紐約派則轉而書寫其離散的身份以及探索終結離散的可能性。

紐約派成員建立出版社，創建《新詩》雜誌，更吸納了紐約以外甚至北美以外的離散詩人。紐約派沒有統一的詩歌藝術宣言，詩歌風格也多種多樣，超現實、非詩化、情慾化、智性化，不一而足。紐約派的連續活躍期長達約二十年，直至《新詩》雜誌於1971年停刊。八〇年代中，博伊楚克再度歸來，聯合詩人瑪麗亞·瑞瓦考維茨（Maria Rewakowicz）創立《當代》詩刊。

蘇聯倒台後，烏克蘭人民開始爭取改革運動，並最終脫離蘇聯獨立。1990年，紐約派聯合烏克蘭作家協會，在紐約和基輔兩地出版文學期刊《世界》，直至1999年停刊，紐約派才停止作為一個群體而活動。二十一世紀初，瑞瓦考維茨仍致力於編輯出版紐約派詩選，留下足跡，啟發後人。

「愛烏克蘭」，及其襲仿

八〇年代，政治環境稍微寬鬆，車諾比（Chernobyl，港譯切爾諾貝爾）核洩漏事件震驚全國，烏克蘭國內的地下文學走上地上，出現了更具實驗性的後現代詩歌群體，如 Bu-Bu-Bu、LuHoSad、Propala Hramota 等，均較長壽。其中，我覺得 Bu-Bu-Bu 特別值得介紹，他們對當代烏克蘭詩歌、藝術、音樂都有著巨大的影響力，同時期背離傳統寫法的實驗性詩人多受其啟發，可稱為 Bu-Bu-Bu 一代。

嚴格來講，Bu-Bu-Bu 屬於一個詩歌表演群體，詩人尤里・安德魯科維奇（Yuri Andrukhovych）、奧勒桑德・伊萬內茨（Oleksander Irvanets）和維克托・內波拉克（Viktor Neborak）三人登台誦詩，有著獨特的舞台和服裝設計，更有大型樂隊、合唱團、交響樂團共襄盛舉，其表演猶如搖滾歌劇，曾一連幾天讓基輔歌劇院座無虛席。他們的詩作則呈現強烈的後現代「襲仿」的特點，其宣言式詩作〈A DRUM-TYMPANUM〉無法翻譯成中文，讀其英譯大概也可見一斑：

A DRUM–TYMPANUM —— (a sonnet uttered by the Flying Head)

—Paint a BABE naked BLUE
with lips the day looks BA
BU in dithraMBs Bu taBOO
Put your teeth in BUBABU
poetry grows from hunchBAck work
a Battle with money in the hump
and BUBABU will BE reBEllion
your head's feeble from alphaBETs
the BArd Bursts with his labia lips
what the world hisses with the theater screams
you'll play a poem that's worth it all
you'll end up in Paradise (or Paris)
BU to death eternity BU
and BU and BA and BUBABU

(Translated from Ukrainian by Michael M. Naydan)

Bu-Bu-Bu詩的「襲仿」特色在伊萬內茨的〈愛！〉中更加突出。活躍於二十世紀上半葉的烏克蘭詩人禾洛迪米爾・索秀拉（Volodymyr Sosiura）曾寫過一首民族主義詩作，題為〈愛烏克蘭〉。這首詩曾在烏克蘭反納粹集會上得到傳唱，詩人也因為這首詩受到蘇聯官媒的嚴厲批評，甚至間接導致他的太太被監禁6年。伊萬內茨將索秀拉這首詩「襲仿」如下：

愛！——奧勒桑德・伊萬內茨

愛奧克拉荷馬！夜晚和晚餐
如愛你父母如此一般平等
愛印第安納。以同樣的方式
愛北達科塔和南達科塔

愛阿拉巴馬，火焰紅光
愛她，無論快樂或憂愁
記得要愛愛荷華、加利福尼亞
還有長滿棕櫚樹的弗羅里達

時髦少女啊！藍眼睛又如何
身體缺陷又如何
若你不再愛內華達
你的愛也不再愛你

男人啊！你不得不愛
亞利桑那的田野，阿拉斯加
和內布拉斯加誘人的廣袤
比你愛你的愛強烈一百倍

這份愛比陰唇的誘惑更強烈
在你靈魂深處孕育永恆
愛維吉尼亞如同愛維吉尼亞吳爾芙狼
還有記得要愛——愛奧克拉荷馬！

Bu-Bu-Bu 一代脫離傳統的實驗性創作，免不了受到老一輩保守派的批評，特別是語言排字上的變異和大膽的性意象，但是他們的寫作卻又廣受烏克蘭年輕人的歡迎。當年的一代年輕人今天已成為烏克蘭詩歌的中堅力量。雖然他們並不一定跟隨 Bu-Bu-Bu 一代創作充滿實驗性的詩歌，但是對他們來說，無論是蘇聯時期遺留下來的社會主義現實主義所鼓吹的民族主義，還是俄羅斯向獨立成國後的烏克蘭散播的歷史民族主義，兩種舊的語言和詩歌風格也許都不能讓他們寫出表達心聲的詩作。當代烏克蘭詩人自然要尋找新的詩歌美學，讓他們帶著烏克蘭的文化根源，在複雜的雙重民族主義的框架之外探索更自由的定位和身份。

第一次空襲寫下的破碎詩句

2013 年尾，烏克蘭親俄總統亞努科維奇拒絕簽署與歐盟的自由貿易協定，引發席捲全國街頭抗爭，爆發邁丹革命（又譯廣場革命），後來進一步引發烏克蘭政府軍和克里米亞地區親俄份子之間一直延續至今的武裝衝突，再進一步演化成今年 2 月俄羅斯正式進軍侵略烏克蘭。

戰爭，毫無疑問，是邁丹革命至今烏克蘭詩歌的最重要主題。正如 Bu-Bu-Bu 一代，今天烏克蘭詩人在社會上有著強大的影響力。據說，扎丹近年的新書發布會甚至有多達 2000 人參加。伊利亞．卡明斯基和謝爾蓋．扎丹分別在國內外以詩響應邁丹革命以及其後的戰爭，除了寫作也切實地通過各種活動支持烏克蘭抵抗親俄武裝的砲火和俄羅斯的侵略。

卡明斯基 1977 年生於蘇聯統治下的敖德薩一個猶太人家庭，早期以俄語寫作。1993 年，迫於烏克蘭國內的反猶主義，他和家人向美國尋求政治庇護，移居美國。其後，他主要用英語寫作，其詩除了思考本人的聽障，亦關懷故土烏克蘭。卡明斯基寫下詩作〈快樂地活在戰火紛飛時〉，在戰爭爆發時，促使身處和平的讀者反思自己與戰爭的關係：

快樂地活在戰火紛飛時——伊利亞．卡明斯基

當他們轟炸別人的房子，我們抗議
但不足夠，我們反對，
也不足夠。我躺在
床上，床邊的美國
正在陷落：看不見的房子，一座一座又一座

我拿一張椅子到屋外，坐在陽光下。
已經六個月了
災難統治著這金錢的房子
在金錢的街道，在金錢的城市，在金錢的國家
這偉大的金錢之國，我們（原諒我們吧）
快樂地活在戰火紛飛時

他人在戰火中隨時都可能失去生命，我們又怎麼無愧地享受和平呢？這首反戰詩顯然只有身處烏克蘭國外才可能寫成了。多年來，卡明斯基擔任國際著名文學雜誌的編輯，包括《Poetry International》和《Words Without Borders》，組織策劃過關於烏克蘭的專輯，翻譯引介當代烏克蘭詩歌。

與此同時，扎丹走上街頭支持邁丹革命，他被打得頭破血流的照片廣為流傳。扎丹 1974 年出生於盧甘斯克（Luhansk）地區，後定居哈爾科夫。扎丹在政治上非常活躍，曾參加 2004 年反貪腐和反選舉舞弊的橙色革命。2013 至 2014 年的邁丹革命後，他又多次前往頓巴斯東部的前線為衛國軍人打氣，更組織「謝爾蓋‧扎丹基金會」為前線提供人道主義支援。戰爭也是扎丹詩歌中最重要的主題，類似的詩實在比較多，不如看一首他近日寫的詩作。俄

羅斯近日對烏克蘭的第一次空襲，扎丹以破碎的詩句寫下一位女子迂迴穿過街道：

第一次空襲——謝爾蓋．扎丹

街道。一位女子迂迴穿過街道。
她停下。在蔬果店前
她猶豫。
一定要買麵包？沒有了——足夠嗎？——不夠
麵包？
今天一定要買麵包嗎？還是——
明天再買？——
她猶豫。
她盯著。她盯著手機。手機。響了。
母親。她對母親說：媽媽！
沒聽媽媽說甚麼
她大喊。

在蔬果店的玻璃窗前；又朝著蔬果店的玻璃窗
大喊
彷彿朝著玻璃窗上的自己
大喊。
拍著手機。
迂迴穿過街道，大喊
朝著她看不見的——難溝通的——
母親。

眼淚。眼淚，再也沒有機會
原諒
她的母親了。忘記
麵包。
忘記。麵包和世上每一個活著的事物。把它拋棄。
把它留下。獨自。

那個早晨

開始了。第一次空襲。

破碎的語言既影射戰時街道上充滿障礙，也映射這位女子凌亂慌徨的內心世界。不難想見，這位女子的母親也許就在這第一次空襲中喪生了。報導（一位女子迂迴穿過街道）、記憶（俄羅斯對烏克蘭第一次空襲）、理解（戰爭對人民帶來的災難），這首戰爭詩的刻劃看似偏淡，卻帶有這三股沉重的力量。

砲火中的反戰詩

魯芭．雅金楚克 1985 年生於盧甘斯克地區一個煤礦工人家庭。2014 年，其出生地被親俄武裝份子佔據，她不得不帶著家人移居基輔。她親身體驗了戰爭的殘酷，在某種程度上她的詩也代表著當時大量撤離頓巴斯地區人民的心聲。

讀她的詩集《頓巴斯的杏果》，能夠感受到戰爭無孔不入，公共與個人，歷史與當下，生人與似無，無遠弗屆，這是戰爭令人十分恐懼的地方。在烏克蘭國內，雅金楚克的詩作〈老死的〉是近年較著名的一首以戰爭為主題的詩作：

老死的 ——魯芭·雅金楚克

祖父和祖父去世了
他們死於同一天
同一個小時
同一個時刻——
人們說，他們是老死的

他們的母雞
山羊和狗都死了
（貓不知跑哪去了）
人們說，牠們是老死的

他們的房子崩塌了
他們的草房毀壞了
他們的地窖被泥土掩埋了
人們說，它們是老死的

他們的孩子來把他們的安葬
奧爾嘉懷上孩子了
謝爾蓋喝醉了
桑妮雅只有三歲
他們都死了
人們說，他們是老死的

寒風用枯葉把他們埋葬
祖父、祖母、奧爾嘉、謝爾蓋和桑妮雅
他們都是老死的

近年，詩人、譯者和編輯努力促成兩本烏克蘭戰爭詩選英譯出版，包括《Letters from Ukraine: Poetry Anthology》和《Words for War: New Poems from Ukraine》，兩本詩選收錄了

許多令人反思戰爭和人性的詩作。鮑里斯．胡門尤克（Borys Humenyuk）是前線軍人，讀他直接描述戰爭的詩，實在令人震撼：

清理武器
一次又一次地清理武器
把發出惡臭的抹上去
用身體為它擋雨
抱著它猶如抱著嬰兒
雖然你從未抱過嬰兒——
你只有十九歲，無妻無兒——
武器成為你的親人
你就是武器，武器就是你

挖下一條又一條戰壕
用手挖著珍貴而憎恨的泥土
每一下都直抵靈魂

牙齒磨著泥土
沒有，永遠不會再有
爬進泥土猶如爬進母親的子宮
感到溫暖舒適
你從未感到如此接近
你就是泥土，泥土就是你

射擊
即使在夜裡，看不見敵人的臉
即使夜把敵人隱藏，也把你隱藏
夜擁抱著每一個人，視如己出
你身上有火藥的氣味
手上、臉上、頭髮、衣服、鞋子——
無論洗多少次，都有火藥的氣味
都有戰爭的氣味
你身上有戰爭的氣味
你就是戰爭，戰爭就是你

烏克蘭詩歌從中世紀艱難起步，通過吸納民歌的特點，不斷追求形式上的自由。從十九世紀浪漫主義時期到蘇聯時期，烏克蘭詩人對詩歌藝術的探索、對詩歌風格自由的追求，因一次又一次地被沙皇俄國和蘇聯打壓而中斷。

此刻，俄羅斯軍隊逼近烏克蘭首都基輔，亦有傳基輔市內發生槍戰和爆炸。網路上，烏克蘭反戰詩滿天飛。自二十一世紀以來，烏克蘭詩人那來之不易的擺脫雙重民族主義框架的機會，是否會再度被戰火或者俄羅斯統治中斷呢？烏克蘭國外是否會再出現如曾經的紐約派般的離散詩人群體呢？在遙遠或不遙遠的未來，在終於擺脫俄羅斯的威嚇、侵略甚至統治後，在烏克蘭再度重光之後，是否有機會如當初紐約派般，再度與烏克蘭國內的詩人聯合起來，創立一本詩刊，舉辦一場詩歌朗誦會？在新聞圖片中道別的戀人，是否會在自由的陽光下重聚？

（文章刊於《端傳媒》網站）

後蘇維埃時期迷惘一代的詩歌

——印卡（詩人）

1985年俄羅斯新聞開始改革，伴隨著出版審查單位（Glavlit）的取消，以及走入後蘇維埃時期，今年是俄羅斯自由出版的三十年紀念。俄羅斯由24位學者與書評家一同選出了代表著這一段自由出版精神的書籍。結果並不讓人意外，小說家佩列文（Victor Pelevin）的《迷惘一代》（Generation "П"）在投票中深受六名評審青睞列為第一名，同時佩列文的作品在這份清單裡共有五本小說入選，可見他的影響力。在這三十年間，小說家佩列文是俄國少數國內暢銷的嚴肅文學作家。這本小說的名稱某種程度上也是後冷戰之後，一名作家對俄羅斯世代最勇敢也是最後一次對世代的命名。而在這一份由俄羅斯學者與書評擬定的清單中，對於台灣的一般讀者來說，或許更是一窺後蘇維埃時期詩人面目的機會。

只不過要提醒的是這份清單裡頭大多數詩人作品不如小說家重複上榜機會高，而入選的詩人有時是以小說、散文入選這份清單，這些詩人將不在這篇稿子中贅述與介紹。為甚麼在這份清單中，這些詩人還有代表性呢？一方面是俄羅斯這些學者跟書評家的權威性質，其次這些作品在內容上與出版審核制度的廢除、議題自由化之後有顯著的關係。對於不熟悉俄羅斯當代詩人的讀者，不如就把他們當做認識當代俄羅斯詩壇的入門磚，如有興趣這些人物將有助於讀者塑造出對俄羅斯詩壇的當代樣貌。這裡以詩集入選的詩人共有五位，包括奧列格・丘洪采夫（Oleg Chukhontsev）、帖木兒・基比羅夫（Timur Kibirov）、塔季揚娜・別克（Tatyana Bek）與丹尼斯・諾維科夫（Dennis Novikov），除了以詩集入選，這篇文章會再加上詩人兼詩論家馬麗亞・絲蒂諾瓦（Maria Stepanova）。

奧列格・丘洪采夫是俄羅斯詩歌史六〇年代的人物，他來自於俄羅斯平原中部的巴甫洛夫斯基鎮（Pavlovsky Posad），而他相較於同輩詩人並不多產。在美學上他的詩歌混雜著在地性，而他身為濟慈的譯者又帶給了他詩歌西方的元素。相反於詩歌上主題上的調合，丘洪采夫的風格上卻非來自戰前的詩歌流派，更多的是他從同儕吸收著自然主義、情節與智性的表達。由於審查制度的存在，他前兩本詩集都受到了機構審查，但審查並未對他的詩風產生影響，也因為審查的緣故他的作品常受到審查延遲，可以說只能在地下傳播，即使審查解禁他的出版量也不多。而他 2003 年限量發行的詩集《Fifia》（Фифиа）正是描述著審查制度取消過後，一本討論詩歌語言描述著審查壓抑到解放的語言循環，可以說是俄羅斯版本的但丁神曲。由於這本詩集限量發行，但對於俄羅斯詩歌愛好者來說，即使沒有原件，但很多人手上持有著翻印本，是一本見證俄羅斯從審查制度到自由出版的詩集。

帖木兒．基比羅夫是俄羅斯著名的後現代詩人。他出身於烏克蘭地區，家族屬於至今仍紛爭不斷的奧塞梯（Ossetia）地區。他的作品常嘲弄，擬諧蘇聯意識形態，以影響他的蘇聯概念主義來說，就是轟炸讀者。但比起其他同代的後現代詩人，他的作品又因為充滿著對古典詩歌跟當代語言的揉雜，並試圖寫下當代場景，使得他的作品被評論家 Elena Fanaylova 提到具有史詩般的架構。2005 年出版的《詩歌》（Стихи）是本精選加新作的詩集，基比羅夫善用了集句（Центон）維持了他作品的擬諧特性。所謂的集句則有相當長遠的歷史，俄語的集句其實原於希臘與羅馬時期的 Cento。從亞里斯多芬集收荷馬詩句到巴洛克時期宗教詩篇的使用，在每個時期關於集句都有不少作詩法的討論與限制，而在後現代手法中我們常挪用藝術「拼貼」一詞，實指的就是集句而成的詩。2005 年出版的作品則是俄羅斯當年年度最佳圖書。

塔季揚娜．別克是七〇年代重要的女性詩人。他出生於文學世家，父親是小說家亞歷山大．別克。他的詩集也在審查制度下出版受阻，但作為文學世家中的少女，他的詩歌不同於男性詩人的作品。他詩歌濃厚的抒情性格，讓愛情與自由的力量持續貫穿著七〇年代後的俄羅斯。2004 年出版的《沾上汙點的傳奇》（Сага с помарками）則是他過世前出版的一本書。而他的死亡至今死因仍舊模糊，有人說是心臟病有人說是自殺，而其原因是 2004 年一群男詩人以他的作品作為外交政治的工具進而捲進了第二國際國際筆會間的鬥爭，使得詩人至此陷入精神困境。至今仍是當代俄羅斯詩歌的損失，2015 年由其友人與粉絲替他辦了十年追思會。

丹尼斯・諾維科夫，他出生並在莫斯科度過了大半生，九〇年代他移居到英國度過了幾年。而在他生命最後的一段日子，則跟著也是詩人的妻子尤利亞娜・諾維科娃（Yuliana Novikova）一同搬到以色列。他的第二本詩集《一月的窗口》（Денис Новиков. Окно в январе）受到了 Brodsky 讚賞，在後記寫了熱切的推薦，然而在整個俄羅斯九〇年代他的文學成就遭到低估，也在九〇年代末從俄羅斯文壇的活動消失。他再次被發現一方面源於他的早逝，以及相關友人在他 2004 年逝世後，再次整理他的遺作，而受到了文學界注目。被選入百大圖書的詩集則是《河與雲》（Река-облака）。

馬麗亞・絲蒂諾瓦，俄羅斯六年級詩人，是今日相當活躍的創作者。畢業於文學院，多年來在網路傳媒工作。他 2015 年出版的《三篇文章》（Три статьи по поводу）討論了俄羅斯現代性的問題，反對社會充斥的鄉愁態度，被詩評家庫特克夫（Boris Kutenkov）選入了自由出版百大圖書之列。在詩歌方面，他強調詩歌的自然狀態，曾在 2005 年受頒 Andrei Bely 獎項提到個人生命時間跟詩歌創作的關係，近幾年他在詩觀推動反抒情對詩歌記憶面相的反省值得注意。

這篇文章針對由自由出版之後俄羅斯百大圖書中的詩集為主，簡單介紹這幾位詩人的特色及相關入選詩集。丘洪采夫、別克、基比羅夫也可說是俄羅斯詩歌六〇年代、七〇年代到八〇年代的入門人物，其後隨著俄羅斯審查制度的廢除，絲蒂諾瓦一代則在當代詩壇提出了不少主張與詩觀，而九〇年代被遺忘的諾維科夫，如今則已與基比羅夫齊名，也留下了在出版制度變動下創作者如何被忽略以及在藝術社群中重新被拯救的過程。在這份書單中，尚有幾位詩人因為散文或是小說創作而被忽略，如有興趣的讀者可再行探索這一百零三本書籍。

詩、槍枝與向日葵：戰火中的烏克蘭女性

——蘇麗真（記者）

俄羅斯入侵烏克蘭多日，大批民眾湧到鄰國迴避戰火，留下來的人用各種方式捍衛家園。除了紀錄片《凜冬烈火：烏克蘭自由之戰》中為人熟悉的硬漢再次披甲上陣，戰場上也不乏女性身影，執起槍枝的國會議員，製作燃燒彈的歌唱家，當上救援兵的詩人，她們用行動告訴世人：烏克蘭女性並不是等待別國收留的搪瓷娃娃，從不少烏克蘭詩篇都可以讀到，她們披上迷彩的勇悍與溫柔。

鐵血女兵的安眠曲

妳還記得嗎？我曾經在妳睡前給妳唸萊絲雅．烏克蘭卡（Lesya Ukrainka）的詩？妳很喜歡〈森林之歌〉（Forest Song），妳還為這首詩畫了畫。那些妳

晚上聽到的故事，妳在白天就將它們化為筆記本上的美人魚、水鬼、小矮人、馬芙卡（mafka）以及所有居住在我們的森林、田野、灌木叢、沼澤和河川中的童話生物。妳記得嗎？我常常對妳說：「娜迪亞，妳知道妳在畫甚麼嗎？這是妳心中的風景。這是我們的祖國，我們的烏克蘭。魔幻、神奇、世界上最美麗的國家。」

如果我可以寄一張小卡片、一張小紙片給妳，上面只寫幾行字，我會寫下烏克蘭卡的詩句：「我要把巨石扛上陡峭巍峨的山崗，而我將用自由又歡樂的歌聲將它抬起。」

媽媽

娜迪亞・薩夫琴科（Nadiya Savchenko）2014 年響應烏克蘭國防部徵召，加入志願軍擔任飛行員，抵抗烏克蘭東部的親俄武裝份子，被俄軍擄走拘禁，指控參與殺害兩名俄國記者，被判囚 23 年，後獲普京特赦回國，當選國會議員，不過後來被指涉嫌向前總統波洛申科（Petro Poroshenko，港譯波羅申科）策動政變被囚。

波蘭報導文學作家伊戈爾·T·梅奇克（Igor T. Miecik）著有《向日葵的季節》，〈女囚〉一章紀錄了薩夫琴科在俄繫獄期間，母親寫給女兒的家書。這位烏克蘭史上首位開戰機的女兵，與槍炮為伍的鐵血女子，童年也有著詩歌與文學的柔軟。

她的名字是烏克蘭女兒

豐饒的烏克蘭土地，天然資源充沛，早在多個世紀前哥薩克人游牧而居，已為後人留下不少吟遊史詩和民族歌謠，有著濃厚的文化傳統。時至19世紀沙俄暴政之下，烏克蘭語被禁，進一步激化民族思潮，詩歌與文學成為一種反抗的武器。上文提及的詩人烏克蘭卡，就是著名民族詩人、女性主義先驅。

在知識份子家庭長大的烏克蘭卡，自幼跟隨父母在家學習烏克蘭語，精通十種語言，8歲寫下第一首詩〈希望〉（Hope），抗議她的姨姨因抗議沙皇遭到拘禁及流放。13歲時她在烏克蘭詩刊《黎明》（Zorya，斯拉夫神話的黎明女神）首次發表〈谷中百合花〉（Lily of the Valley）。由於當時烏克蘭語書籍被列為禁書，她為安全起見以筆名 Lesya Ukrainka 發表作品，Ukrainka 意指烏克蘭的女性，從小已流露出民族情懷。其後她的多部詩集，也只能暗地出版。她與一些左翼作家組織文學結社，翻譯馬克思主義著作，後因與革命份子來往甚密而被當局取締。在 1905 年俄國革命失敗後，她因政治參與一度被捕，釋放後一直備受監視。

烏克蘭卡深受人民詩人舍甫琴科和革命作家伊凡・弗蘭科的影響，除了歌頌對自然的喜愛，亦寫下不少政治詩，如諷刺人民自願俯首為奴的〈斯拉夫與奴隸〉（Slav and Slave）、獻給弗蘭科的革命情詩〈珍貴的眼淚〉（Tears-Pearls）等。對方亦對她有極高的讚許：「自從舍甫琴科唱出『把我埋葬以後，大家一致奮起，粉碎奴役的鎖鏈……』（革命詩〈遺囑〉）烏克蘭還沒有聽到過像這位體弱多病的女子口中唱出的這樣有力、熱情的詩的語言。」除了詩歌，她還發表了多部借古諷今的詩劇，例如《巴比倫之囚》（The Babylonian Captivity），參考《聖經》記載猶大人被暴君擄往巴比倫的故事，鼓勵人民反抗，復興失落的耶路撒冷，他們心目中的理想地。烏克蘭卡於 1913 年因骨結核與世長辭，有生之年沒能看見烏克蘭自立門戶，烏克蘭人民引頸以待的黎明仍未來臨。她的肖像被印刷在烏克蘭 200 格里夫納的紙幣上，是鈔票系列中唯一的女性。

珍貴的眼淚—獻給伊凡·弗蘭科（節錄）

呵，親愛的祖國！可愛的疆土！
你為甚麼沉默得像麻木了一樣？
只有一隻小鳥枯林中畏怯地啼唱，
預報暴風雨將要突然降臨。
它又不唱了。寂寞而荒涼！
噢，多麼不祥！

噢，自由，你在何方？
為甚麼不從高空射下微弱的星光？
你該使不幸的大地歡騰喲！
你看，這兒黑暗無光，
真理無力跟虛偽抗爭。
噢，多麼不幸！

呵，我的人民無辜受難，
我的兄弟戴著鎖鏈，氣息奄奄。
唉，烏克蘭，致命的舊創，
燃燒在你的心間！
誰能替我們粉碎沉重的鎖鏈？
噢，我的天！

何時才能擺脫不幸？還是幸福不會來臨？
該死的手，衰弱得麻木不靈！
生活如同地獄，又何必降生？
我們寧願讓死的黑幕蓋住眼睛，
也不願在恥辱中偷生！
噢，多麼不幸！

迷彩服與斷辮

烏克蘭卡逝世的一個世紀後，世界終於迎來追求性別平權的年代，保家衛國不再是男性專利。烏克蘭軍方近年逐步放寬對女性參軍的限制，當地有 17% 軍人，即約 3.6 萬人是女性。在 2014 年廣場革命後，不少家庭主婦也接受民間軍事訓練，巾幗不讓鬚眉。

作家、詩人 **Olena Zadorozhna** 的詩作〈剪去辮子的姑娘〉（**Girls Cutting Their Locks**）寫女子斷髮參軍的氣概，恰似是烏克蘭版本〈木蘭辭〉。後來俄羅斯吞併克里米亞，再進佔烏克蘭東部，當地人就取用這首詩成書，輯錄女兵在烏東戰場上的 25 個生死見證。

Girls cutting their locks

Girls cutting their locks
Wearing combat boots
With no happiness on the way

面對俄軍步步進逼，育有五名子女的作家伊琳娜・茨維拉（Iryna Tsvila）繼烏東戰爭後再度投筆從戎，與丈夫雙雙在基輔近郊與俄軍駁火期間壯烈犧牲，她生前在 Facebook 留下一句：「誰來捍衛基輔？」據報她生前有新書《戰爭之聲》（Voices of War : Veterans stories）出版，不料成為她的遺作，當地人追封她為國民英雄。

我，家鄉，分崩離析

2013 年冬天，烏克蘭首都基輔爆發親歐革命（亦稱廣場革命），推翻親俄的亞努科維奇政權。縱然親歐派重掌政府，戰爭陰霾卻久未消散，2014 年俄羅斯吞併烏克蘭東南部的克里米亞，活躍於烏克蘭東部的分離主義武裝份子亦在俄國支援下，控制頓巴斯地區並進行獨立公投，引發烏東戰爭。上月底普京正式承認頓內茨克（Donetsk）和盧甘斯克為獨立國家並派兵進駐當地，戰事一觸即發。

在魯芭·雅金楚克去年出版的詩集《頓巴斯的杏果》中，戰爭與生活如影隨形，肉身和靈魂跟隨著土地，被坦克逐一壓碎。詩人在點題詩作中回想童年時代的家鄉，每逢春天都會開滿漫山遍野的杏花。村民撿杏果拿到跨境火車上賣，在後蘇聯經濟衰退時期，不失為一種維生門路。詩歌首句寫道：「沒有杏果的地方，是俄羅斯的起源」（Where no more apricots grow, Russia starts）。詩人說：儘管家鄉被俄國佔領，國界一直存在。而飽受戰火摧殘的家鄉，「盧甘斯克」、「頓內茨克」、「佩爾沃邁斯基」，在〈分解〉（Decomposition）中統統被分解成一堆無意義的音節。詩人的自我，亦隨著花田裡的向日葵發黑、枯萎、分崩離析。在槍炮聲中我們陷於失語。

Decomposition

nothing changes on the eastern front
well, I've had it up to here
at the moment of death, metal gets hot
and people get cold

don't talk to me about Luhansk
it's long since turned into hansk
Lu had been razed to the ground
to the crimson pavement

my friends are hostages
and I can't reach them, I can't do netsk
to pull them out of the basements
from under the rubble

yet here you are, writing poems
ideally slick poems
high–minded gilded poems
beautiful as embroidery

there's no poetry about war
just decomposition
only letters remain

and they all make a single sound — rrr

Pervomaisk has been split into pervo and maisk
into particles in primeval flux
war is over once again
yet peace has not come

and where's my deb, alts, evo?
no poet will be born there again
no human being

I stare into the horizon
it has narrowed into a triangle
sunflowers dip their heads in the field
black and dried out, like me
I have gotten so very old
no longer Lyuba
just a -ba

今年，頓巴斯沒人採收向日葵

俄烏戰火熾烈，各地民眾將社交頭像換上烏克蘭國旗，以示對他們的支持以及和平的渴望。國旗上的藍色代表天空與海洋，象徵自由與主權；黃色是一片廣袤無垠的麥田，象徵烏克蘭悠久的農業歷史。大概沒太多人知道，烏克蘭國內有著 6,086,700 公頃的向日葵花田，每年的產量達 13,626,890 噸，是世界上最大的向日葵生產國；儘管小國寡民，人均產量遠勝於幅員廣博的俄羅斯，而象徵勇氣和希望的向日葵，正是烏克蘭的國花。

不其然想起一條流傳甚廣的網上片段。一名憤怒的烏克蘭婦女走到全副武裝的俄羅斯士兵面前指罵：「你們是佔領者，你們是法西斯份子！你們帶著這些槍在我們的土地上做甚麼？」說罷，她把一堆向日葵種籽塞進士兵的口袋裡：「這樣，當你們都死在這裡的時候，至少烏克蘭土地上還能長出向日葵來。」如此詩意的咒罵，由香港人說出來可能太矯情，但從流淌著文學血液的烏克蘭人口中聽見，是那麼自然的事。

適逢 3 月，正是向日葵撒種的季節。被戰爭蹂躪的 2022 年，數之不盡的人民流散、受傷、死去，頓巴斯的向日葵沒人採收。願下一個花季，金黃的大地可以明媚如初。

（文章刊於「虛詞」網站）

烏克蘭詩人謝爾蓋・扎丹——以「他人」視角，審視成長的烏東城市

——彭礪青（詩人）

俄烏戰火正酣時，「虛詞」編輯問我能否譯介一些烏克蘭的詩人。我在網上瀏覽了一段時間，找到其中一位現今烏克蘭著名的詩人：謝爾蓋・扎丹。他不單寫詩，也寫散文並從事文學翻譯。我在一些英語詩歌網站找到一些他的詩作，也譯了一些詩然後發給朋友看，朋友覺得詩很好，這些詩都是些典型的東歐詩歌，它們吸引讀者的地方在於對民族命運和歷史的歌頌，透過超現實和黑色幽默的手法展現出充滿鄉土氣息的尋常事物，也夾雜了民族之痛。

扎丹本人生於烏東盧甘斯克州的舊別爾斯克（Starobilsk），此城鎮位於盧甘斯克州北部，接近俄烏邊境，烏克蘭東部大城市哈爾科夫就在西北方。扎丹後來於 1996 年在哈爾科夫國立師範大學（H.S. Skovoroda Kharkiv National Pedagogical University）畢業，畢業論文為米哈伊羅・塞緬科（Mykhaylo Semenko），拉脫維亞裔烏克蘭未來主義詩人約翰生（Maik Yohansen）及上世紀二〇年代烏克蘭其他未來主義詩人的作品。畢業後，他用了三年時間充當語文學研究生，之後在 2000 至 2004 年間教授烏克蘭語及世界文學，然後成為自由作家。

目前英語翻譯他的作品包括散文集《流行尖端》（Depeche Mode）、《伏羅希洛夫格勒》（Voroshilovgrad）及《美索不達米亞》（Mesopotamia，集子中也包括他的詩作）、他的 12 部詩集，以及《孤兒院》等 7 部小說。他的詩作英譯見於多本文學期刊，如《共同》（The Common）、《維真尼亞評論季刊》（Virginia Quarterly Review）、《詩歌國際》（Poetry International）及國際翻譯期刊《Asymptote》。耶魯大學出版社在 2019 年出版了他的詩作的英譯選集，名為《我們為了甚麼而活？我們為了甚麼而死？》（What We Live For, What We Die For: Selected Poems），《Lost Horse Press》也在 2020 年出版了詩人第五本詩集《一種新的正字法》（A New Orthography）的英譯本。集子裡的詩主要描寫俄烏戰爭下的日常生活。他的著作被翻譯成幾十種語言。他在 2006 年獲得胡伯特・布爾達年輕東歐詩人獎（Hubert Burda Prize for young Eastern European poets），2009 年獲得烏克蘭的約瑟夫・康拉德文學獎（Joseph Conrad-Korzeniowski Literary Award），2014 年獲得瑞士的揚・米恰斯基文學獎（Jan Michalski Prize for Literature），在 2015 年獲波蘭安哲羅斯中歐文學獎（Angelus Central European Literary Award）。另外，他還在 2006、2010 及 2014 年獲得英國廣播電台年度烏克蘭書獎（BBC Ukrainian Book of the Year award）。扎丹本人也是烏克蘭流行文化中一位火熱人物，他在哈爾科夫成立了一支名叫 Luk 的樂隊。

也許是受惠於研究二十世紀初烏克蘭的未來主義詩歌，他的詩作深受未來主義詩風影響。

未來主義本來是上世紀一〇至二〇年代流行於意大利詩壇及藝術界的流派，這股潮流在俄國及烏克蘭立即引起更大的詩歌藝術風潮，在藝術上有馬列維奇與羅欽科的繪畫，在詩歌方面，有克利勃尼科和馬雅可夫斯基。未來主義的詩人和藝術家以城市為創作主題，其創作受眾亦為城市，未來主義以現代手法宣揚無產階級的革命思想。隨著斯大林對文藝界前衛人物的整肅，大量作家、詩人、藝術家、劇作家被殺害，作為烏克蘭未來主義領軍人物，塞緬科亦於 1937 年被稱為「資產階級民族主義」而被鎮壓。他的死，意味著烏克蘭的民族記憶被抹除，直至七、八〇年代為止，他在烏克蘭都不為人所認識。

九〇年代初，蘇聯解體，烏克蘭獨立。這時候，在烏克蘭談論自身二〇年代的未來主義及其他前衛流派，就有一種政治及文化上從蘇聯「解殖」的意義，因為蘇聯成立初期大部分加盟共和國的前衛作家及藝術家（特別是烏克蘭與格魯吉亞），即使被記錄下來，也被視為「蘇俄」的一部分。重新評價烏克蘭前衛文學的其中一個目的，除了恢復民族記憶，還為了尋找烏克蘭與歐洲在文化上的連繫。

另外，扎丹成長的城市：盧甘斯克，成為他的詩歌中一個重要的主題，這座舊稱為伏羅希洛夫格勒的城市，在 2014 年俄國吞併克里米亞後，就開始被俄裔民兵入侵。扎丹寫於 2014 年後的詩，基本上，都與這座城市被入侵有關。小說《伏羅希洛夫格勒》講述一名叫赫爾曼的年輕人離開他出生的城市舊別爾斯克，但因為要捍衛一些屬於他的東西而回去，小說 2018 年被拍成電影《野地》。故事本身就有強烈的自傳色彩，一如我們也可以從扎丹的詩作中，看到作者筆下以「他人」的視角審視他成長的烏東城市景觀，不管是在承平時代，抑或自烏克分離主義衝突以來的戰爭歲月。

小說《孤兒院》的主角名叫帕夏（Pasha），他是一個三十幾歲的文學老師，對政治毫無興趣，然而卻住在鄰近頓巴斯地區的前線，帕夏與其老父及前度女友同住一間房子。帕夏的生活轉折始於他去鄰近的孤兒院收養他那十多歲的侄兒。男孩之前被他的母親送到類似寄宿學校的組織，希望可以在她工作時讓他安全生活並且得到足夠的糧食。但孩子走到哪裡，都要面對暴力。

2014 年發生的獨立廣場事件（亦稱廣場革命），對整個烏克蘭有著深遠的影響，就詩歌而言，就如扎丹在一次訪談中說的，獨立廣場事件以後的詩歌，基本上都是社會性的，大部分作品都以描寫烏東戰爭面貌為主題，扎丹的詩可說是箇中佼佼者。他對自己如何眷戀那生於斯長於斯的城市，寫戰爭如何破壞這些令他眷戀的人和事物，每一位和他生活在同一座城市的同胞，城市中的橋、河流（比如〈那裡曾經有一道橋，有人想起〉）。這些記憶不限於當代的戰爭，也與百年來的烏克蘭歷史有關，〈烏克蘭音節韻詩的終結〉（The End of

Ukrainian Syllabotonic Verse）以哈爾科夫市的「文字」大樓（Slovo Building）作為主題。這幢建築物建於二〇年代，那時候哈爾科夫是烏克蘭的首都。大樓原本用作為烏克蘭作家提供寓所，而在裡面住過的作家，有很多屬於稍後在三〇年代被處決的一代人，即烏克蘭文學史上「被處決的文藝復興」人物。

成長分崩離析的後蘇聯社會，背負沉痛的歷史，並作為俄烏戰爭前線的見證人，不管在小說還是詩中，扎丹也經常假託一些經歷戰火的倖存者，思考烏克蘭或詩人生長城市的歷史。對於歷史、文明的眷念，本來就是東歐詩歌中常見的主題，而扎丹的詩簡單可感，有時甚至有如民謠一樣，他以簡單直接的文字，將在悲慘戰爭下的生活具體呈現在讀者眼前，有些句子，立即就能讓我們感受到當下烏克蘭人流離失所的情景，比如：

沒有人留在她的城市。
沒有人要帶她一起離開。
（〈她十五歲，在火車站裡賣花。〉）

在同一首詩裡，詩人借這一女孩表達出要把城市內所有人保存於記憶裡的意願：

> 她的記憶正在形成，沉思已形成
> 她認識的所有人在這座城市裡誕生。

譯詩的時候，我發現詩人多次提到「焦黑」、「燒焦」（英譯作 scorched）這些詞語，讀來令人掩涕，這「燒焦」不單有人，還有整座城市，亦則他在詩中哀悼的對象：

> 我也站在燒焦的山外，在太陽光束下，
> 我也哀悼你，我的城市——可恨的、親愛的。

作為一個香港人，在疫情下讀著扎丹的詩句，很難不心情沉重起來。

目前扎丹仍在哈爾科夫，每日為組織人道救援而奔波，遠在地球的另一端，我們無法給予實質的援手，惟有閱讀、翻譯他的詩歌，並為烏克蘭土地上數千萬人祈禱，祈求戰爭早日結束，他們能盡快過上幸福、富強的生活。

（文章刊於「虛詞」網站）

音樂在烏克蘭的真實身份：弱小可以抵禦砲火的秘密

——俞若玫（作家）

2月24日，俄羅斯總統普京下令向烏克蘭全面展開「軍事行動」，砲聲同時突擊了世界的眼球和心跳，地緣政治秒間刺激世界大戰的敏感神經。而3月9日，烏克蘭基輔古典交響樂團以音樂為行動，在獨立廣場演奏烏克蘭國歌，呼籲各國（特別是歐盟）在烏克蘭領空設立「禁飛區」。烏克蘭國歌一時成為網上熱茶，滾燙眾心。但被感動之餘，務必小心國歌歌詞，背書了特定的國家觀，我比較著眼的是：「吾等兄弟，皆為哥薩克民族！」這句正好表明烏克蘭擁抱的是多元文化，不見得主張極端民族主義，族群間是兄弟情而不是敵我關係。

其實，烏克蘭跟香港多麼親近，才三年前，紀錄片《凜冬烈火：烏克蘭自由之戰》深宵在小區大街溫暖著彷徨的我們，花環少女最後勝利的笑容照耀多少個黑色的晚上。很想更多明白烏克蘭，嘗試從音樂開始，先就發現了令人驚豔的四人樂隊 DakhaBrakha，再慢慢知道，音樂根本是烏克蘭2014年「廣場革命」後復興文化身份的重要場域，一方面力抗俄羅斯話語，一方面確立多元的文化視野及內容，打開和國際溝通及連結的可能。這種善於溝通，不求戰鬥的文化質地，也大大體現在總統澤連斯基這幾周媒體戰術上。

音樂是烏克蘭人靈魂的杯子。歌聲滿瀉山區田陌、城市里巷、學校劇場、婚宴酒吧。他們還有吟遊詩人（Bard）的文化傳統，政治和音樂自十六世紀就密不可分。

當中很受尊重的哥薩克流浪詩人卡巴扎（Cossack Kobzar），以盲人居多，他們一手撥奏烏克蘭傳統弦樂班杜拉（Bandura），一邊吟唱史詩杜馬（Duma），用音樂記下宗教紛爭（東正教和天主教之間）及反帝國的戰事和歷史故事，訴說重重失去土地、家園及信念的悲憤和血淚。他們感染力很強，走進大鎮小村，處處受小孩及農民歡迎，同喜同悲。

二十世紀初，他們一度被正統化，俄羅斯城市克拉斯諾達爾（Krasnodar）有專門學校，經三年師訓，可以領取專業資格。但 1932 年，斯大林為了清洗烏克蘭文化，下令召開卡巴扎會議，齊集三百名樂師後，全數用火車載到鄉郊，一併處決。逃過殺戮的，成為罪犯，並需登記所有資料及樂器，不准再公開演奏，被妖魔化為工人的公敵。

從沙皇到蘇維埃政權，烏克蘭的民族音樂就是抗爭的本體，難怪一直努力保留演唱方法及強悍的社會意識。有位被稱為「最後的一位卡巴扎」的音樂家，現仍在波蘭、烏克蘭、克里米亞的城市大街唱歌，他的名字是 Ostap Kindrachuk，生於 1937 年，堅持以傳統卡巴扎的形象及音樂生活，唱的都是有關哥薩克、克里米亞及烏克蘭之間的複雜故事。

網上找到他吟唱的少部分歌詞，用 google 翻譯了一小段：

烏克蘭人，我的兄弟，擁抱

為我們的克里米亞流了多少聖潔的血，
有多少力量是永遠的。
我們祈禱了數百次
到老第聶伯河。

給我們本土的第聶伯河機會和力量，
把我們煮沸，讓每個人都可以看到，
克里米亞所有哥薩克墳墓的沸水，
喚醒卡巴扎

烏克蘭人，我的兄弟，擁抱
在被上帝遺忘的克里米亞。
我們還活著，我們是烏克蘭人——
我站在上面。

有趣是，我發現 DakhaBrakha，也因為他們投訴 Spotify 和 Apple Music 以「音樂無關政治」為由，不容許換上「No War Stop Putin」的頭像（現在可以了），這個過程，也體現了 Kobzar 抗爭精神的傳統：在建制規範下，樂隊仍要被看見，音樂仍要被聽見。

DakhaBrakha 四人分別是 Nina Garenetska, Olena Tsibulska, Iryna Kovalenko 和 Marko Halanevych，一身傳統喀爾巴阡山脈（Carpathian）造型，女孩各戴上半呎高的直筒羊毛帽，配上美麗刺繡婚嫁衣裙和奪目頸飾，叫人一看難忘。所有成員會唱會奏，即興更是手到拿來。三位女孩都是民族音樂系畢業的，有正規專業訓練，只有男成員 Marko（在訪問中表示）連樂譜也不會看，但他的音域高遠自然，尖叫和假聲都直入聽眾心魂（如《Baby》）。他們的多聲度合唱及合奏也豐富了傳統音樂的質感，增加實驗味道，有人用 ethnic chaos，有人用 folk punk 來形容他們。的確，玩味時，我想起 Dead can Dance，暗黑時，

Coctueau Twins。但原來，所有作品都取自烏克蘭不同的鄉村，統統過百年歷史，他們只會改變節奏、曲風，加上美國流行舞曲、非洲節奏，雷鬼等等現代化的元素，但歌詞不改，難怪連烏克蘭人都聽不懂，因為來自不同的時代和區域，但就要讓聽眾知道烏克蘭文化就是如此多元。

DakhaBrakha 的 MV 很精彩，視覺敘事很強，但更愛看他們的現場表演（雖然都是錄製），如這個 2019 年在基輔體育館的演出，空間運用、光影效果、視覺安排、跟觀眾互動等等都是很劇場的。這固然跟他們來自實驗劇場 DAKH 有關，而創辦樂隊的靈魂人物 Vladyslav Troitsky 同是 DAKH 劇場藝術總監，又是每年舉行的跨界國際藝術節 GOGOLFEST 的發起人，相信有助他們以強烈的表演風格來產生國際及跨界對話。

事實上，他們自 2016 年開始，如文化大使一樣，四出演唱，不論歐美，甚麼地方，最後時段 Marko 都會在台上揮舞烏克蘭上藍下黃的國旗，舉起不要戰爭停止普京的海報，讓國際觀眾知道烏克蘭的悲劇。八年來，他們一直有意識地在傳統的文本上加上世界各地的曲風，是讓各地觀眾知道他們是世界的一部分，世界也是他們的一部分。他們想為烏克蘭的未來重構古老的神話。

DakhaBrakha 的名字，英文意思是 give and take，大可理解為「有出有入」的交往和對話。他們曾在接受訪問時清楚表達了想打破俄羅斯對他們的扭曲，烏克蘭絕對不是單一封閉式國族主義，而是嚮往自由，備有尊重多元文化的國際視野。的確，烏克蘭絕不是三十年前才獨立的年輕國家，她有著悠悠深厚的多元文化養份及紛雜實踐。

此外，DakhaBrakha 也有很多幽默好笑的作品，如《Carpathian rap》是取自一位鄉村老婦的故事，說的是從前婦女如何選擇丈夫，google translate 了一小段歌詞：

伊加納塔有一所漂亮的房子
還有一個新穀倉
我不知道我會不會
伊戈特的命運
我不知道我會不會
與伊蓋特坐在一起
也許庫茲馬會帶我
如你所願

今晚午夜
我瘋狂地做夢
庫茲馬怎麼能不帶我
然後達尼洛會接受

加上MV好笑的動畫，充滿黑色幽默，性暗示也很強，換作今天看，選男友也可能是見一個想要另一個，叫人會心微笑。

說到女性故事，不可不提的是流行女歌手Jamala的《1944》，這一年，斯大林強制流放克里米亞韃靼人（Deportation of the Crimean Tatars），死傷數以十萬計，因此被認為是種族及文化清洗的暴行，也是歌手自己外婆的故事，她以音樂非常直接地表達當中的痛苦，中文譯文如下：

陌生人來臨
他們來到你家

他們殺了你們所有人
說
我們無罪
無罪
你的心在哪裡？
人類的吶喊
你以為你是神
但是每個人都會死
不要吞噬我的靈魂
我們的心靈

歌手 Jamala 以英文主唱，副詞卻是克里米亞語，得到了 2016 年歐洲歌唱大賽冠軍，引起國際廣泛討論。當然，歌唱比賽是烏克蘭流行歌手進身國際舞台的唯一方法，但同時，她把歷史議題放在太陽下。

此外，除了 Jamala，也很喜歡組合 ONUKA（意思是孫女），她的主腦人 Nata Zhyzhchenko 曾是音樂神童，五歲開始玩排笛，九歲贏得音樂大賽，民族音樂系專業畢業，帶些中產知識份子的高傲。跟 DakhaBrakha 很不同，ONUKA 每次都以很強的都市風格亮麗人前。而她們的音樂融合了電子和民族音樂，為舊的音樂加上空靈的透明感，而且，每每以音樂回應時代。像這首《STRUM》希望年輕人關注環保議題，少浪費資源，愛護自己的城市，明明很說教的，她們卻詩化處理，讓粉絲自己慢慢細味。

又例如幾個月前推出的新歌《Guma》以反烏托邦的科幻故事美學，說「一個關於個人與系統的鬥爭以及人類對自動化過程的抵抗的故事」（譯自官網），以表達我們對網絡空間的過分依賴，以及過度消費和生產的社會問題。歌詞就是不停重複這幾句：

> 我聽不見，我看不到，我不說，我不說
> 我離開網絡，我跨界
> 我離開網絡，我跨界
> 我離開網絡，我跨界

不過，為了讓世界知道烏克蘭狀況，ONUKA 似乎不能離開網絡，如剛過的三八婦女節，他們在 YouTube 及 facebook 上傳了這段一分鐘名為《Ми не німі》（我們不傻）的短片。[3]

月9日又放了一分鐘的《People shoot people》。都在在回應當下戰火不停的殘酷狀況。

另外，這首《ZENIT》，很可以領會她們如何電子化傳統音樂又不失夢幻和想像，同時以精巧的視覺設計元素，討得國內及歐洲年輕人喜愛。

自己非音樂專才，勾勒不了近年烏克蘭大量冒起的音樂創作人及團隊，只想繼續細想為何音樂成為烏克蘭 2014 年後重要的改革力量，香港有沒有可以學習的地方。漸漸理解，烏克蘭逼切地需要抵擋俄羅斯文化及軍事介入，他們的創作社群多年來以民族音樂來爭奪文化話語主權，加上音樂流動性強，感染力大，生產及轉傳都很快，容易一方面深化文化根源，一方面向外吸納，同時爭取世界認同，強化文化尊嚴。當然，還有離散在不同地方的烏克蘭音樂社群，如 1986 年因車諾比核事故而全家逃到美國的音樂人 Eugene Hutz，後來在紐約有不錯的發展，拍過電影及組成了一隊廣納不同音樂人的 gypsy punk band，名字叫 Gogol Bordell，令更多美國人及明星理解烏克蘭音樂及文化，3 月 10 日起他就發起了一連串的籌款演唱會，連 Patti Smith 也會加入。

此外，猶太婚宴舞曲（Klezmer）在烏克蘭也很流行，表示猶太人的文化也很受尊重，顯出民族的包納多樣，不是追求種族單一。當然，極端右派是存在的，寡頭經濟及貪污也是存在的，但至少，年輕人的價值及行動力是不停地面向多元及熱愛自由。

再稍稍查過烏克蘭的音樂教育政策，原來合唱團是烏克蘭中小學一個重要的教育項目，目的是讓學生學習如何跟他者和唱及合作，也要學習如何有創意地回應別人。這個真有意思，學習不只是一個人努力的事，而是一班人如何相處的事。自小以創作來思考協作及共享的價值及操作，世界真有可能少點爭奪及戰爭。

此刻，烏克蘭仍被「從納粹份子解放烏克蘭的軍事行動」摧毀，願天佑烏克蘭，停止戰火，停止殺害。不是爭奪殺戮，協作並存，多度和唱才是世界的真正音樂。

（文章刊於《端傳媒》網站）

區塊鏈中立，但人不是：加密貨幣支援前線

——何潔泓（文字及 Web3 工作者）

烏俄戰爭數天下來，就是不斷上 Twitter 看 Tweet 和 Retweet，在不同社群分享反戰內容，也觀察 Web3 市場的動態。我實在很想知道這個世界裡的人會有甚麼反應。一打開 Twitter 便看各路人馬的回應，心裡想著，誰還在顧著自己銷情的就要列入黑名單。

戰爭需要大量資金，不在該國的人可以做分析、分辨真假新聞，較多人選擇的是捐款，隨著 Web3 社群、加密貨幣興起，今次的戰爭的支援，以加密貨幣捐款成為其中一個新趨勢，我和身邊不少朋友也捐出了第一次的以太幣予烏克蘭人民。在加密錢包按鍵捐款的一刻，我感到原來我手上的以太幣有這樣的作用。

DAO 在做甚麼

2月24日，俄羅斯女性政治活動家 Pussy Riot 成員 Nadya Tolokonnikova、數字藝術家團體 Trippy Labs、NFT 慈善收藏組織 PleasrDAO（曾以 550 萬美元收購斯諾登推出的 Stay Free NFT 以支援言論自由）等單位發起了「烏克蘭 DAO」（DAO：Decentralized Autonomous Organization，分散式自治組織），鑄造一萬張烏克蘭國旗 NFT。他們的 Twitter 官方專頁寫著：「我們以 Web3 的力量及其社群，籌款予協助因戰爭受難人民的烏克蘭組織」，並把款項全數捐到「Come Back Alive」基金會、非政府組織 Prolisk。

截至3月17日，烏克蘭國旗 NFT 籌款額為 2258 顆以太幣，在該時期等同約 700 百萬美元，他們表示「烏克蘭國旗將我們團結在一起」，於是選擇國旗當作 NFT 的圖像，並把名為「LOVE」而不能交易的代幣分發給捐贈者，持續提醒世界對於人道主義的需求。

同時，著名寫作平台 Patreon 以平台「不會被用於資助武器或軍事活動」為由，將「Come Back Alive」基金會的籌款頁面封鎖，由此基金會轉向以加密貨幣籌款。

以加密貨幣作為支援

2月26日，烏克蘭副總理、數字化轉型部部長 Mykhailo Fedorov 於 Twitter 貼文表示烏克蘭將接受比特幣、以太幣與 USDT 捐款（後來增加更多幣種），並貼出加密錢包地址。

截至3月8日，根據區塊鏈分析公司 Elliptic 統計，烏克蘭已收到價值 5970 萬美元的加密貨幣捐款，加密貨幣橫跨不同國家貨幣的轉換，轉帳更快速方便。

以下為 Mykhailo Fedorov 的貼文：

「Now accepting cryptocurrency donations.
Ethereum. Bitcoin and Tether (USDTtrc20)
BTC — 357a3So9CbsNfBBgFYACGvxxS6tMaDoa1P
ETH — 0x165CD37b4C644C2921454429E7F9358d18A45e14
USDT (trc20) — TEFccmfQ38cZS1DTZVhsxKVDckA8Y6VfCy」

此外，全球第二大加密貨幣以太坊創辦人、俄羅斯裔加拿大程式員 Vitalik Buterin 在

Twitter 表明立場：「以太坊是中立的，但我不是」（Reminder：Ethereum is neutral, but I am not.）、「願榮光歸烏克蘭」（Слава Украине）。

3 月 1 日，加密貨幣 Polkadot 創始人 Gavin Wood 在社交媒體上發布圖片，顯示他向烏克蘭官方的 DOT 地址交易了 29 萬顆貨幣的紀錄。根據其公開頁面，烏克蘭官方地址中的 DOT 貨幣數量為 31 萬顆，以當時幣價計算約 600 萬美元；而交易所 FTX 的創辦人 Sam Bankman 則公告向烏克蘭的 FTX 戶口持有者派發款項。

以上縱觀，加密貨幣捐款起了革命性作用。早在戰爭爆發前，烏克蘭國會已推動加密貨幣合法化。據 Chainanalysis 在 2021 年做的全球加密接納指數，烏克蘭是全球第四大加密貨幣國家，有 12.7% 的人口擁有加密貨幣。

在 2022 年的戰爭，國家收取加密貨幣、Web3 社群繞過銀行體系、現存制度，隨時運用手上的資源作出支援。而區塊鏈上的交易亦一目了然，人民可以隨時在公開網站看到錢包籌得的貨幣數量、哪個錢包捐了多少、總共有多少個交易，甚至哪些捐款「已完成」、「進行中」亦可以看到。這種公開的「魔力」，體現於有網民問「烏克蘭 DAO」現時籌款進度，對方在留言回了一條連結，一按進去，便看到了。

在眾多捐款中，當中等值 186 萬美元的加密貨幣來自銷售維基解密創辦人阿桑奇、數碼藝術家 Pak 創作的 NFT 作品的所得收益；亦有人將價值約 20 萬美元以太幣的 CryptoPunk NFT 轉到烏克蘭政府錢包。（註：CryptoPunk 是全球最大 NFT 平台 OpenSea 累積交易額最高的系列，截至 3 月 22 日，交易額為 87.4 萬顆以太幣。一萬張的系列之中，最便宜的一張頭像售價為等值 20 萬美元的以太幣。）

羅列完加密貨幣，便說說我較為熟悉的 NFT。上文提到的 PAK 創作的 NFT，前傳是這樣的：Web3 藝術先驅 Pak 在二月的時候，推出作品《Censored》，用作資助因發布機密文件而遭囚的維基解密創辦人阿桑奇的訴訟費用。

這個系列包括兩項 NFT 藝術品。《Clock》圖像顯示了他的入獄日數，將拍賣所得捐贈予 Wau Holland 基金會。而另一件作品《Censored》，則讓用戶自行輸入自己喜歡、不可更改的文字，收益用於言論自由、數位隱私等組織，截至 3 月 22 日，《Censored》被鑄造了三萬張。

這張 NFT 目前會被鎖定，用戶無法出售轉讓，到了阿桑奇被無罪釋放、Clock 時間歸零的時候，原本覆蓋在 NFT 文字上的黑色長方格會被移離，那時擁有者才能進行交易。我也鑄造了一張，輸入文字為 Virginia Woolf 的名言「A woman must have money and a room of her own if she is to write fiction」。

這個 NFT 系列的本意是支持自由，也因此今次將部分收益捐予烏克蘭。

NFT 項目方的立場

至於小型、我平日有留意的 NFT 項目方的立場，在此也稍作紀錄。

最早看到是由俄羅斯藝術家 Glam 創立的「Sad Girls Bar」表態，她在 Twitter 發文如下：

「我們對早上的新聞感到非常震驚，難以言喻。Glam 和團隊目前都安全，但感到心碎。Sad Girls Bar 反對戰爭。」

稍後，Glam 把自己的一比一畫作拍賣並將以太幣捐予烏克蘭。後來團隊有一段日子沒有更新項目走向，直到3月8日，團隊中名為「Sad Boy」的用戶在 Discord 跟社群交代：「我回來了，過往兩週令人感到無言，需要重置家庭、建立新的生活……我們的核心團隊都搬離了俄羅斯，現在位於伊斯坦堡，並等待 Glam 在下周會合我們」、「我們需要跑到最接近的機場，因為政府可能會強迫俄羅斯男子都當兵」、「Love and kisses to you all. Fuck War.」（最後這句太傳神，我不翻譯了。）

另一個有留意開的項目是「Flower Girls」，同由俄羅斯藝術家創立，Varvara Alay 一直把項目頗大部分收益用作支持兒童藝術家，今次她畫出以烏克蘭國旗為主色調的花女孩，拍賣 200 張，捐出約 5 萬元美金的以太幣予支援兒童的當地團體。她訴說在自己最溫暖童年，有很多個夏天都待在美麗的烏克蘭城市 Kherson，跟祖父母有過美好的遊歷回憶。她亦表示「在黑暗的日子，盡能力發出一點點光。」

「Crypto Chicks」是很早期的一萬張女性 NFT 項目，本來由俄羅斯畫家 Miss Polly 主理，後來因抄襲疑雲，在收藏家予以壓力及經內部討論後，決定退出團隊，由其他團隊接手主理，新團隊在戰爭首天發文，「Let's take a break today from shilling, alpha, pumping bags, arguing about NFTs. Remember there are real, innocent humans who are having their lives completely upended right now & living in unbelievable fear/uncertainty.」（這裡涉及 NFT 用語，在此亦不直譯。）

其他項目如由 Will 主理的「The Littles」、藝術家 Sarana 創作的「MetaAngels」、未公售項目「The Randoms」，還有其他等等，也有發公告及張貼烏克蘭國旗，他們的反應包括一、表明 Stand with Ukraine；二、停止原定的 AMA 或活動（NFT 世界每天都有很多活動）；三、持有者或非持有者如果感到情緒不穩，可到 Discord 的 Mental Health 頻道，會有版主在那邊（情緒支援頻道每個 NFT 項目的 Discord 都非常普遍）；四、把原定的活動內容或行銷方向改為跟和平自由相關。

有一些不太方便表明立場、又或想打擦邊球的項目團隊則發：「你此刻在想些甚麼？有甚麼你想說的？」

補充一點，戰事數天下來，有不少由烏克蘭藝術家創作的小型 NFT 項目被廣傳，包括畫作、烏國城市的照片、頭像類型，當中買家例如在 NFT 世界頗有名氣的 DeadFellaz 創辦人 Betty。

台灣亦有一群藝術家，在公鏈 Tezos 上各自創作有關烏克蘭的 NFT，三天內創造近 8000 筆捐款，近5萬美元的加密貨幣。其中一個區塊鏈技術，智能合約的終端把款項導向七個幫助烏克蘭的組織。核心參與者黃豆泥指，「過去的時代，根本無法在短短三天之內，出現這麼多藝術家站出來，實際支持遠在天邊的反戰行動。這是去中心化世界敏捷的優勢。」

記低以上一些觀察。

我在想，如果我買的是現存制度裡大公司的產品，我還會不會看到以上的聲明、公告和做法。我是價值投資者，這個「價值」不完全是商業價值，更多是當中的關懷和取向，絕不排除有人作出的是公關手段，只是我在想，我投資一樣東西，我也會想投入進去當中的社群，跟大家一起思考和推動，而如果有事發生的時候，我希望我投資、持分、花時間參與的項目，跟我每天聊天的共同擁有者（fam／frens），也會出來說話、做事。

這次的觀察，是Web3社群以區塊鏈技術，結合速度、藝術、創意、去捲動民意，在公鏈上進行運動，如果以加密貨幣捐款、Web3社群組織起來參與支援是一種可行並已實踐出來的事情，那麼有大事發生的時候，Web3人民是否可以一次又一次發揮力量呢。

再說下去，如果Web3漸漸成為大家也參與進去，而可以跨越各種限制的存在，那對於很多事務，是否就不再局限於地理、各國既有的制度了？當中的流動性、創造性、分散性、靈活及多變性，讓我感到有一種自身的力量。區塊鏈是中立的，用的人不是。儘管有不少人投身進去，這仍然是很新的一個議題，就慢慢觀察下去。

第二章

烏克蘭當代詩人作品選譯

魯芭・雅金楚克（Lyuba Yakimchuk）：詩七首

他說：一切都會好的

他說：他們轟炸了你的母校
他說：食物供應快斷了，沒錢了
他說：人道主義援助白色貨車是我們唯一的希望
他說：白色貨車發出的砲彈剛剛從頭頂飛過

沒有學校了
怎麼可能沒有學校？
是空的嗎？是到處都有彈孔還是被炸毀了？
我在榮譽榜上的照片怎麼了？
我坐在教室裡的老師怎麼了？

他說：照片？誰在乎你該死的照片？
他說：學校都融化了——這個冬天太熱了
他說：我沒見看到你的老師，不要叫我去找她
他說：我看見了你的教母，她已經不在人世

你們都逃走吧
丟下一切，逃走吧
丟下你的房子，丟下地窖裡的杏醬
和露台上的粉紅色菊花
射殺你的狗，以免牠受苦
放棄這片土地，走吧

他說：別胡說八道，我們天天往棺材上撒泥土
他說：一切都會好起來的，救贖即將降臨
他說：人道主義援助正在路上

（宋子江 譯）

毛毛蟲

她的手指在嚴寒中收縮
婚戒從她的無名指上滑落
在人行道上叮噹滾動
她的手如樹葉般顫抖
當一條毛毛蟲靠近——
牠留下的痕跡
一直延伸到她女兒腳邊
才停止

兩個男人走過來
命令她張開雙手
彷彿要她鼓掌
他們檢視她的護照，還互相傳遞
把她的拇指

按壓她的食指上
他們找到一處燒傷
而不是狙擊手的老繭
他們叫她的外號
也許是別人的外——
「布奇」

他們剝了她的衣服
他們戳她的身體
他們讓她躺下
他們排成一列
一共有九人
（她最喜歡的數字）
他們輪姦了她
穿著藍色浴袍
（她最喜歡的顏色）
二手耐克

（她最喜歡的鞋子）
其中九個
每個都衣裝整潔——
不是婊子，而是
女士

她的小女兒蜷縮成胎兒
眼淚不流地看著
她拾起媽媽的結婚戒指
把它含在嘴裡
像一條咬著骨頭的狗
看著一條毛毛蟲吞噬
他們的綠色小鎮

（宋子江 譯）

何以殺人

我用電話和家人保持聯繫
所有通話都被竊聽了
他們很好奇：媽媽和爸爸，我更愛誰？
是甚麼讓祖母對著聽筒大喊大叫？
我對姐姐和她男朋友之間的矛盾很感興趣
他曾是我的男朋友

所有通話都是血緣關係
我的血液被竊聽了
他們必須知道有多少烏克蘭人
波蘭人和俄羅斯人，有沒有吉普賽人
他們要知道我給了多少，給了誰
他們要知道我的血糖是不是下降了
或者屋頂有沒有塌陷在我身上
是否有可能用薄膜來構建邊界

我和媽媽之間挖了數百個墳墓
我不知道如何跳過
數百枚迫擊砲彈在我和我父親之間飛來飛去
我不能把它們看作鳥兒
地下室用鏟子固定的金屬門
把我和姐姐分開
我和祖母之間掛著一屏祈禱
柔滑的薄壁隔開噪音，我甚麼也聽不到

如此簡單，通過電話保持聯繫
為我的電話卡增加分鐘數，不安的夜晚，贊安諾
一定很陶醉吧
從耳機裡聽到別人的血液在跳動
而我的血液凝結成一顆子彈：
砰！！

（宋子江 譯）

煙灰缸

不再是建築
不再是家
對媽媽，對爸爸，對我
對冰箱裡的蔬菜

不是家，不是堡壘
不再是四堵牆

（幾乎不適合做一個手提箱
或一個背包）

現在，一個烏黑的
巨型煙灰缸
為神而設

祂吸入煙霧
噴出水果

共同朋友

在 Facebook 上，你我有共同朋友
他們都已死去
沒有人埋葬他們的個人資料
朋友在他們的 Facebook 上送花
就像在市立公墓
安葬祖母

（宋子江 譯）

她墳前蘋果樹的根纏繞著
旁邊墳墓上常青樹的根

復活節前，我去她墳前拜祭
也許就是今年
她會破土而出

我除掉墓邊的雜草
以免她出土時尷尬
我點了蠟燭
以便她出土時有光

但是如何處理這些 Facebook 朋友呢？
他們去了更美好的世界
卻把資料留在人間？
他們會復活

再 send message 嗎？

會再 post 自拍嗎？

會 like 我這首詩嗎？

（宋子江 譯）

避難所，一支舞

杏樹的肩膊斷了
她狂野起舞
金色亮片沙沙作響
像成千上萬帶著鈴鐺的孩子
她的頭隨風搖動

所有鴨子都遷移了
就連母雞也上卡車走了
去了遙遠的地方
遙而遠，一隻北極燕鷗
中途棲停此處時確認過

然而我的杏樹
沒有把葉子塞進行李箱
即使她確實有處可去
親戚們用蒲公英種子寄明信片給她
主動提供幫助申請簽證

她孤零零地站在廢渣堆旁
風起時
狂野起舞
彷彿準備好把自己連根拔起，起飛
為了更好的生活

避難所，一支舞
絕望而冒險
有一棵杏樹的根那麼長
有一棵杏樹的生命那麼長

（宋子江 譯）

眉毛

不不，我不會穿黑色連衣裙
黑色鞋子或黑色披肩
我會穿白色的衣服來找你們——如果有機會
我會一層一層地
穿上九條白裙子
坐在鏡子前

（用布掛起來的鏡子）

劃一根火柴
待它燒盡
用舌頭使它潤濕
在我也是黑色的眉毛上
畫出更深的黑色
那麼我便有兩雙眉毛
我的和你的
不不，我不會穿黑色連衣裙
但會戴上你黑色的眉毛

（宋子江 譯）

謝爾蓋・扎丹（Serhiy Zhadan）：詩十九首

彷彿這個冬天從未到來

彷彿這個冬天從未到來
彷彿沒有期待，沒有憂慮
沒有細心聽十二月的喇叭
沒有在暴風雪如交響樂般的真理面前停下來
彷彿沒有在為始於無愛的冰雪之力而作準備

當冰雪融化
猶如濡濕的草書
世界便爆炸

猶如人群看到暴君被砍下的頭

永恆啊，稻草甸上的火
永恆啊，我們的奉獻
為河流敞開的心靈

第一個醒來的人總是
墟市上的書攤老闆
把寶貝們沿著石橋一字排開

詩人們早已在風中四處張望
他們的潮濕的舊詩選
猶如腫脹起來的枕頭
被學校課程排斥
卻沒有被生活放逐

他們回應笑聲

長靴下的雪花
窸窸窣窣地道別

他們調整好領結
暖一暖衣領間的脖子

詩人啊，無人信任
詩人啊，來自文學的歷史

被律師背叛
被妻子背棄
詩人啊，自淹、自縊、自殺：

他們告訴傳記作者
要在後世的心裡種下
對生命的熱愛

（宋子江 譯）

要知道你仍然躺在燒焦的山那邊

要知道你仍然躺在燒焦的山那邊，
甚至現在道路仍可輕易到達，蜿蜒、古老，
那是我成長的城市，生活看似一場遊戲。

但現在誰讓我觸及你的界限？
誰會從你的窗口注視我？
回到死者之城又有怎樣的歡樂，有甚麼意義？

被你背叛，從你的市郊被驅逐，
從你的公寓和林蔭大道被隔絕。
你的民眾穿著假期的衣服，
地面在撞擊中震慄。

但你仍未看見那覆蓋在你

街道和廣場裡的巨大陰影，
我也站在燒焦的山外，在太陽光束下，
我也哀悼你，我的城市——可恨的、親愛的。

也許我不是唯一哀悼的人，也許。

我不再有家，我只有一個記憶。
但當他們往你的街區開火，該死的，他們是怎樣開槍。
他們怎樣睡得香甜，在我的房子裡，
在所有名字都熟悉、所有地址為我所知的城市。

當你注視著一塊鏡子，上帝，
你會從你的倒影中看見甚麼？
你有禍了，這被所有人忘記的城市。
你在屠殺時誕下孩子的女人們有禍了。
背叛之城，感傷之城，毒藥之城。

那些不曾回家的人有禍了。

七月的寂靜傍晚。
金色星宿在稠密的葉間。
要知道黑雨將淹沒你的後院。
要知道它不會放過任何人。

（彭礪青 譯）

那裡曾經有一道橋，有人想起

那裡曾經有一道橋，有人想起，
在戰前：
那是一道老舊的行人橋。
巡邏隊每五個鐘頭經過。
傍晚將變得乾燥而令人愉快。

兩個老人，還有一個年輕人。
他閱讀暮光如同一本書，
欣喜吧！他重複向自己說，快樂吧！
今天你仍然睡在
你自己的床上。

今天你會在房間裡甦醒
仔細聆聽你自己的身體。
今天你仍會整個夏天都閒著
注視著煉鋼廠。

家經常跟著你，像一種罪孽。
父母將永遠不會變老。
今天你仍會看見你的同胞，
不管你稱為同胞的是誰。

他想起自己逃出的城市，

用手尋找燒焦的地表。
他想起一個哭泣的男人
那人被一支小隊救出。

生命會安靜，不會變得可怕。
他應該是在頃刻以前回來。
他到底會發生甚麼？
會發生甚麼？

巡邏隊讓他通過，
上帝會原諒的。
上帝有其他的事要幹。

他們所有人立即被殺——兩個老人，
還有一個年輕人。
兩邊河岸上寂靜一片。
你不會向任何人解釋任何事情。

砲彈就落在他們中間——
在那河岸上
很靠近家。

月亮在雲隙中出現，
聆聽昆蟲的旋律。
一個安靜、昏昏欲睡的醫生
把屍體放進一輛軍車。

他與他的變速杆在爭論。
從急救箱尋找剩餘的毒藥。
而一個講英語的觀察者
熟練地注視著屍體。

均勻的焦黑。
嘴角狀甚緊張。
他闔上了年輕人的眼簾。

他心想：一個奇怪的人，
當地人。

（彭礪青 譯）

想像鳥兒如何看待它

想像鳥兒如何看待它：
大河的黑色支流
冬天的屋頂
路邊困惑的行人

想像鳥兒覺得飛越大河是很可怕的

儘管如此，牠們還是能從高處俯視城市
在車站外的倉庫

後花園
河對岸的圖書館
整頁整頁的街道

牠們在重複朗誦這首二月的詩
大門到閣樓
知道朗誦終將停於何處
牠們知道一切終將如何結束

土壤出現
猶如面部輪廓逐漸清晰
魚群將到達頓涅茨河的漫灘
地平線上會出現一點黑色
那裡會有幸福
那裡會有香蒲

重點是在人群中取暖
去愛冬天在合作社的勞作

這聽不見的泥土氣息
它的印章

你不得不朝它尖叫
所以牠們也尖叫

（宋子江 譯）

所以我會談論它

所以我會談論它：
關於斑斕天空裡一頭惡魔的綠眼睛。
那隻眼睛從一個孩子睡覺的側線開始觀看。
以興奮代替恐懼的不合時宜者的眼睛。

一切以音樂開始，
帶著歌曲留下的疤痕

像我年紀的其他小孩在秋季婚禮中聽見。

成年人製作音樂。
這裡成年被解作——演奏音樂的能力。
就如一些新的音符——它們負責幸福——
在人聲裡出現，
就如這種竅訣是人類與生俱來：
成為獵人與歌手。

音樂是女人們的焦糖呼吸，
是那憂鬱地預備與一頭
剛剛搞砸了婚禮的惡魔持刀
械鬥的男人，充滿煙草味的頭髮。

音樂在墳園的牆外。
鮮花在女人的口袋裡生長，
學童們窺探著死刑室。

最多人走過的路徑通往墓園和河邊。
你只在泥土中埋藏最珍寶的東西——
被憤怒催熟的武器，
像學校合唱團歌曲般響起的
父母那顆陶瓷的心

我會談起它——
關於焦慮的管樂器，
關於像進入耶路撒冷般令人
難忘的婚禮儀式。

把雨水破碎的詩篇節奏
放在你的心底。
男人們以靴子踏熄草地
火種的方式跳舞
女人們在舞蹈中抓住她們的男人
就像她們不想讓他們參加戰爭。

東烏克蘭，第二個禧年的終結。
世界洋溢著音樂與火。
魚在黑暗中飛舞，歌唱的動物發出聲音。

同時，差不多每個已婚的人都已經死去。
同時，和我年紀一樣的人的父母都已經死去。
同時，許多英雄都已經死去。
天空展開，像果戈理的中篇故事一樣苦澀。
迴盪著，收集農作物的人的歌唱。
迴盪著，那些從田間收集石頭的人的音樂。
迴盪著，沒有停止。

（彭礪青 譯）

……讓他說，或者讓他

……讓他說，或者讓他

永遠沉默，讓他解釋顯而易見的事情——
火焰如何落在戀人的肩上
絕望如何像屠夫般舀出世界的內臟
拋下在城市九月早晨的鋪路石上
讓他說，趁還有可能
至少拯救某人，至少幫助某人
讓他告訴我們，再次落在潛流下
會有何種下場，如何沉浸在深褐色的乞食牛肉中，
在黑暗的深處，當水，如同寂靜
比任何語言更永久、比激情的話語
更有意義、比擊穿癡情戀人之舞的宣言更強烈
讓他告誡這對輕心的戀人
在十月初的陽光下隨風飄送

就像魚順應地下水的節奏，讓他告誡
每個人都將被棄於岸上，每個人的內心
都會被碎玻璃的冰冷撕裂
沒有人會設法阻止
沒有人會解讀
用秋天死語寫成的天書
寧願讓他說，而他們被迷惑住了
數著鳥隻，就像孩子草筆名字的字母
讓他說，讓他試著打破
大人的歡樂
他們對峙著
彷彿在守護各自的寂寞
鳥兒敏捷起舞
溫暖身姿的邏輯
身體，像字母形成
快樂的句子
無論如何，一切從一開始就很清楚。它阻止了誰？

嚇到誰了？
永恆的河聲
永恆的告誡，永恆的勇氣
南遷時如此雄壯
回家時如此感動

（宋子江 譯）

耳機

薩沙，安靜的醉漢，神秘的詩人
在城裡度過了整個夏天
拍攝開始時，他很驚訝——
開始看新聞，然後停下
戴著耳機在城市裡四處走

聽懷舊金曲
跌跌撞撞碰上燒毀的汽車
炸碎的屍體

在我們生活其中的世界
會從歷史中倖存下來的
將是天才的文字和音樂
他們拼命警告
努力解釋，卻未能解釋任何事情
未能拯救任何人；
天才躺在墓地裡
在他們的胸腔上
養花種草
甚麼都不會留下
除了他們的音樂和歌曲，還有一把聲音
迫使你去愛

你可以讓音樂永不停息
聆聽宇宙，閉上眼睛
想想夜晚海洋中的鯨魚
聽不到別的
看不見別的
感覺不到別的
當然，除了氣味
屍體的氣味

（宋子江 譯）

波蘭的搖滾樂

沉睡著，她回憶起河流——
在冬眠洞穴的某處，她在那裡忘了他的臉，
結冰的河流從河中央閃爍著黃銅色的光，

雖然雪覆蓋著它的支流；
稍後，有一輛戰後生產的火車頭爬出了迷霧
工人們穿著藍色牛仔工作服出來。

我們熬到冬季的盡頭，
播音員的聲音夾在一輛隨機的土裡
讓你想起
八十年代的時候，收音機
充滿了波蘭的搖滾樂：
搖滾樂：火車維修站的機械工程師在聽它
搖滾樂飛過喀爾巴阡山脈，
滲入拉瓦羅斯卡亞附近的空氣；
我們的國家不夠大，無法讓我們彼此牽掛，
我們的領空不夠廣闊
無法讓我們聆聽各種各樣的音樂。
我想如果有一條直線搭通上帝

那會是通過存放
波蘭搖滾樂唱片的
暖棕色封面
上帝的指甲在它們的黑膠面上
劃出窄紋；
你可以看見祂的塑膠皮膚，
你可以感受祂的草莓血液，
用浸泡在白醋中的海棉
洗掉塵埃
並抹拭傷口。

被風嚇壞的鳥
平靜下來，佔住在
她的心跳間隙中的位置，
不知道她入睡時看見甚麼，
或者不知道她在乾涸的河底中忘記了誰；
她的生命行裝——她皮膚上的美麗印記

還有她夾克口袋裡的電車票；
猶如冬天從一座山丘滾到一另座之上
然後炎熱的季節來臨，
那麼多的事物從大地上生長，
空氣也升高了一點點，
以免觸碰到長而高大的莖
它們在不知哪裡生長，不知向哪處伸延
剛好在她的窗下。

*譯者註：喀爾巴阡山脈是波蘭、斯洛伐克與烏克蘭西部的天然屏障。拉瓦羅斯卡亞（Rava Ruska）位於利維夫市西北方，鄰近波蘭邊境。

（彭礪青 譯）

她十五歲，在火車站裡賣花。

她十五歲，在火車站裡賣花。
太陽與莓果使礦場外的氧氣變甜。
火車停下片刻，繼續出發。
士兵往東，士兵往西。

沒有人留在她的城市。
沒有人要帶她一起離開。
她想著，早晨站在她的位置上，
甚至這片領域，事實證明，也許會很吸引，親愛的。

事實證明，你不會想離開它一段長時間，
事實上，你想為了寶貴的生命而堅持下去，
事實證明，這座舊火車站和一個
空蕩蕩的夏天全景就值得去愛。

沒有人給她一個很好的理由。
沒有人給她哥哥的墳墓送花。
在夢中，你聽見那祖國在黑暗中形成，
像生活在招待所的少年人的脊椎。

光和黑暗形成，一起成了形狀。
夏天的太陽流入冬天。
今天發生的一切，對每個人來說，稱為時間。
重點是理解這一切發生在他們身上。

她的記憶正在形成，沉思已形成
她認識的所有人在這座城市裡誕生。
晚上她想起離開這裡的所有人
當沒有人不被記起，她就睡著了。

（彭礪青 譯）

舞吧，木匠，直至太陽站在……

舞吧，木匠，直至太陽站在
上帝創造的最大的橋上。
舞吧，荷馬已描述了一切。
這座城市已經像一個癡情少年般徹夜不眠。
一個陌生人踏上了橋。
小販們把紅公雞裝在黑色袋子裡撲殺。
你記得那首，木匠，從一扇晨窗
流出的歌曲裡的歌詞嗎？
你記得你如何逃離學校
你如何走下多沙的河岸嗎？
她是唯一愛你的，木匠，
在整個世界上，唯一的一位。
晚上，她的街道散發麵包和蒜頭的味道，像母親的心。
在這不知疲倦、毫無目的地旋轉的
世界的中心跳舞。

一個男孩離開父母的家
像早晨的太陽逃離黑暗
每個人，木匠，都有一個印記，愛與孤獨的印記。
當你的兒子誕生，他會解釋為何。
而在纏綿的長夜，當你呼喚她的名字
就像給聾子發明一套語言般呼喚她。
現在你唱這首歌就好像它是你的，
而正是你在你的其中一本書本裡找到她。
而舞蹈奪走你的呼吸而你在流汗。
而海水的氣味像血液在空氣裡編織。
而在一個週六早上，整個世界也許適合這座廣場。
當你的兒子誕生——你也會帶他來這裡的。
舞吧，木匠，小販吶喊著，舞吧，屠夫興奮不已。
有人在編織這個世界就像用綠藤編織籃子。
你記得所有詞典從這首歌開始。
她是唯一愛你的，不管你的兒子將會怎樣。
我們知道怎樣做的一切事，我們知道的一切，我們愛的一切。

你害怕的一切，木匠，你想要的一切。
太陽振動它的翅膀就像被斬了頭的公雞，
它歡迎著這個陌生的世界，所有世界中最美麗的。

（彭礪青 譯）

中式烹調

這件事約莫發生在十五年前，如果我沒記錯。
就在這裡，你知道的，在下一條街道上，有一幢高聳的建築
他們在那裡出租房間，
嗯，有幾個中國人住在那裡，結果是，他們用
自己的胃，藏著
走私的毒品，
像天上某些看不見的魚子醬，分量最終足以毀滅這個破爛的
文明。

的土司機和庸醫經常租用這些房間，
一如太空人被奪去他們天上的儀器，他們經常
在廚房裡弄咖啡
聆聽爵士樂的電台，
直至事情開始發出明亮的光芒，沒投出陰影，
當那些前橄欖球運動員正在喝啤酒並抽著駱駝牌香煙，他們玩牌時
也談論著
他們那該死的橄欖球。

但中國人的業務中出了點問題，關於這個稍後寫了很多，
你想像到它是怎樣的：有一天，產生了很大的裂縫——就因為這個
所以他們就在後院那裡發生了槍戰
把老鼠嚇跑進地牢，而島飛進天空。

一次我恰巧在那裡看見了，我稍微後退然後逃回家中，
我抬頭看著防火梯並看著天空，如果你想一想，
天上空無一物，

你知道，在我看來，有時人真的死了，
就因為他們的心停止愛這個
奇怪——奇怪的奇幻世界。

（彭礪青 譯）

這個世紀之交的文化史

你會今天回覆的，碰著溫暖的信件，
在黑暗中翻閱它們，把元音與輔音混淆，
像華沙辦公室內一部打字機。
沉重的蜜蜂巢
自語言被旋轉的地方閃爍金光。
不要停止，只管寫，
在空白的空間裡打字，戳穿黑色的寂靜蹤跡。

沒有人會自漫無邊際的長夜回來，
被遺忘的蝸牛會死在濕潤的草裡。

中歐躺在皚皚薄雪下。
我一直相信吉普賽人的懶惰運動，
不是每個人都繼承了這枚磨損的硬幣。
如果你看看他們的護照，
上面有著芥末和藏紅花的氣味，
如果你聽聽他們損壞的手搖風琴，
上面散發著皮革和阿拉伯香料的氣味——
你會聽見他們在說，當你離開——不管你到哪裡——
你只會造出更多距離而無法比現在更接近，
當古老留聲機的歌曲死去，
滲出殘留物
像在被破壞的罐頭裡
擠出的蕃茄。

時代那負荷過重的心每個早晨在爆開，
但不是在這些門後，不是在太陽燒過的城市裡。
時間經過，但它過得那麼近，如果你
靠近觀看，你可以看見它那沉重的乖戾，
你也會耳語著無意中聽見的句子
要求某人某天承認你的聲音，說：
時代就是這樣開始的，
它就是這樣轉變的——彆扭、沉重，像一輛盛載彈藥的貨車，
留下死去的行星和燒燬的發射器
池塘上散開的野鴨
牠們飛走，呼喊
比貨車司機、
上帝、
駁船
還要嘈吵。

當你選擇修讀課程時你應該瞭解
其他內容——
如果這個世紀之交的文化
已剛好壓住你緩慢的手臂的血管裡，
植根於你那濃密的髮旋，
不小心被風吹歪，
並被手指碰亂
像一盆溫水，
像杯子和煙灰盅裡的彩色黏土珠，
像玉米田上
一片廣袤的秋空。

（彭礪青 譯）

犀牛

半年的時間，她堅定不移。
半年的時間，她觀察了死亡；
以你在動物園觀察犀牛的方式——
深色的皺紋，
深沉的呼吸。
她很害怕，但沒有轉移視線，
沒有閉上眼睛。

很可怕，真的很可怕。
那本該如此。
死亡很可怕，它很駭人。
嗅著血月的臭味是可怕的。
看見歷史如何製造出來是可怕的。

半年前一切完全不一樣。
半年前每個人完全不一樣。
沒有人會害怕
當星星掉進水塘裡。
沒有人會嚇一跳，當煙霧
從黑色土地的裂縫中升起

在夜晚街道的中央
在喧囂和大頭燈的中央，
在死亡和愛情的中央
她把臉埋在他的肩頭，
用她的拳頭絕望地砸打他，
哭泣著，在黑暗中尖叫。
「我不想，」她說：「看見這一切。」
「我不能在身上帶著這一切。
「我幹嘛需要那麼多的死亡？
「我該拿它怎樣辦？」

哭泣，並用你溫暖的手粉碎黑暗。
哭泣，並且不要走開。
世界不會像以前的模樣了。
我們絕不會讓它
像以前的模樣了。

寒冷的街道上，燈火通明的窗戶愈來愈少。
在櫥窗周圍，無憂無慮的路人
愈來愈少。
在地獄般的秋季黃昏，田野與河流變涼了。
篝火在雨中熄滅。
城市在晚上變得麻木。

*譯者註：根據阿美莉亞．格拉撒（Amelia Glaser）與尤莉亞．伊爾丘克（Yuliya Ilchuk）英譯版本。

（彭礪青 譯）

這個湖裡的魚很異常

這個湖裡的魚很異常：不管我們捕撈多少，
不管我們釣了多久——牠們不會消失。
不管我們多少次把牠們從老巢中拉出來，肆意
用烈火焚燒黑暗，強迫牠們
游進深處——牠們還是回來。不管我們從
牠們手中搶奪多少孩子和家當——牠們繼續活著。
牠們在滿月下歌唱。
愛上了夏天的太陽。
牠們讓我們想到，我們的死亡——
是被量度過的，
無情的，
寂靜的，
殘忍的。

在這湖上漁夫不敢離開去拿麵包
和乳酪——他們繼續釣魚，經常窺視水裡的
清晰度：會否有一道無重的影子出現片刻，沙子會否
在黑鐵的魚鰭下翻騰起來。
這些殺手的影子如此沉重，沒有水
能夠承受他們的重量。太陽爬上他們的
肩膀，像城市公園裡的一隻松鼠。
他們站著，就像死亡：
一樣的沉靜，
執著，
有自信，
而且溫柔。

湖是圓的。
湖很深。
你不會到達湖底。
你不能越過它的界限。

你觸碰到水晶般的冰冷。
你沿著河的兩岸。
一切都在它們中間。
它們中間甚麼也沒有。

*譯者註：根據約翰．軒尼斯（John Hennessy）與奧斯塔普．堅恩（Ostap Kin）的英譯版本。

（彭礪青 譯）

三年來，我們都在談論戰爭

三年來，我們都在談論戰爭
我們已學懂如何用戰爭談論我們自己的過去。
我們已學懂在我們的計劃中把戰爭考慮進去。

我們有表達我們的憤怒的詞語。
我們有表達我們的悲傷的詞語。
我們有表達我們的鄙惡的詞語。
我們有咒詛的詞語，禱告的詞語，
我們有所有在戰時談論我們
所必要的詞語。

在戰爭時談論我們自己是很重要的。
我們忍不住在戰爭時談論自己。
我們不談論自己是不可能的。

每天早晨我們都在談論戰爭
我們站在鏡子面前，談論戰爭。
我們談論我們見過的人。

每天早晨，我們都會提醒大家死亡人數。
午餐後我們品嚐閃爍的陽光，

有生命的草擠進無生命的石頭。
而在傍晚時我們再一次提醒大家
死亡人數。

對我們來說，提醒大家死亡人數是很重要的。
我們提醒每個人關於死亡人數是很重要的。
每個人都聽見死亡人數是很重要的。

我們不給其他人機會。
我們用花園的剪刀把現實剪下，
評估它，
宣告診斷結果不利。

三年來我們都在評估。
三年來我們都在和鏡子談話。
在沒有機會找到難題的地方，
也沒有機會找到尷尬的答覆。

有信心的
高聲地談論這件事。
沒信心的——靜悄悄地。
怎樣都好，都不會影響
死亡人數。

*譯者註：根據維爾拉娜・特卡茲（Virlana Tkacz）與鮑伯・霍爾曼（Bob Holman）英譯版本。

（彭礪青 譯）

戰爭進入第三年

他們在去年冬天埋葬他。
那時就像某些冬季——沒有雪花，雨太多。
一場簡短的葬禮——我們都有自己的事要幹。

他為哪一方而戰？我問道。好一個問題，他們說，
是其中一方吧，誰能弄清楚呢。
那有甚麼區別？他們說，同樣的區別。
只有他才能回答，他們說，現在是他說——她說。
他能嗎？他的屍首缺了頭顱。

戰爭進入第三年，橋樑被修補過。
我知道你那麼多事情——現在是甚麼？
我知道，一方面，你喜歡這首歌。
我認識你的姊妹，我曾經愛上她。
我知道你的恐懼也知道它們是怎樣來的。
我知道那個冬天你邂逅了誰，說了些甚麼。
三年以來，黑夜被灰塵和星光修補。
我記得你為另一所學校打球。
然而，在這場戰爭中你為誰而戰鬥？
來這裡，每一年，撕開乾草。

挖掘土地，每一年——已死的、沉重的大地
看看，每一年，這種和平，這種病。
告訴你自己，直到最後，你沒有走進
你那裡。在雨水的浪中——鳥消失。
我會請求為你的罪孽祈禱，然而哪種罪孽？
我會請求雨停下——雨中充滿著鳥。
有些鳥！對他們來說很容易。就他們所知，
那裡沒有救贖或靈魂。

*譯者註：根據瓦爾茲娜．莫爾特（Valzhyna Mort）英譯版本。

（彭礪青 譯）

針

安東，三十二歲。
狀況：「與家人同住。」
東正教徒，但不上教堂，
讀完大學，以英語作為外語。
任職紋身師，有他的署名標記，
如果你那樣稱呼的話。
在當地群眾中有很多人，都試過
他那熟練的手和尖銳的針。
當這一切開始時，他會談很多
關於政治和歷史的事，開始參加集會
與朋友吵架。
朋友被冒犯，顧客不見了。
人們害怕了，不明所以，離開市區。
當你用針觸碰她的時候你最能夠感受一個人。

針在刺，針在縫。在金屬般的
溫暖下，一個女人皮膚的質地如此柔軟，
男人皮膚的明亮畫布如此僵硬。
刺穿那外殼，
你釋放身體血液的
天鵝絨麵包。雕刻，雕刻出
天使的翅膀，在世界柔順的表面。
雕刻，雕刻吧，紋身師，這
外在的補料，隱藏了靈魂與疾病——
我們為之而活的，我們為之而死的。
有人說他們在路障射殺他，
在清早，他手上有一件武器，不知原因——
沒有人知道發生了甚麼。
他們把他埋藏在集體墓地（他們總是那樣埋藏他們）。
他的遺物送回給他的父母。
沒有人更新他的狀況。
總有一天，有些混蛋

會寫關於這件事的英雄詩歌。
總有一天，有些混蛋
會說這件事不值得書寫。

*譯者註：根據阿美莉亞．格拉撒（Amelia Glaser）與
尤莉亞．伊爾丘克（Yuliya Ilchuk）英譯版本。

（彭礪青 譯）

所以那是他們一家現在的模樣

所以那是他們一家現在的模樣。
所以那是他們一家現在談話的方式。
他們已經同意了不爭論，
為了在火光下的夏天
活著。

所以，
他們不談論政治，
不爭論，
他們不談論宗教，
不爭論，
他們也不再談論上帝，
不爭論。

他們不談家庭成員，
已經離開的。
他們不談朋友，
留下來的。
他們不談在街對面的那人，
那人在前面。

他們有談及鄰居。

你可以談及鄰居。
鄰居死了。
他們為鄰居感到惋惜。

真的，上帝也死了。
但他們沒有為祂感到惋惜。
他們一點也沒有為祂感到惋惜。

（彭礪青 譯）

烏克蘭音節韻詩的終結

他們曾經住在這幢大樓
看見褪色的紅油漆在窗框上起泡
從那個時候有人決定把他們安置到

一幢大樓內以便聽到他們的呼吸
在入口的路徑
像恐懼構造的風一樣呼吸
當你窺探院子裡
你可以看見士兵在鋪設瀝青
並種植松樹

他們在晚上被帶出去他們的夢從他們的
肩膀四散，像老鼠逃出窗玻璃
他們灰色的襯衫浸滿汗水
而黃色的尿液躲在身體裡
像違禁品
那些帶他們出去的人，享受那黑夜場景的

氣味
灰色內褲被突如其來的甦醒沾濕
女人們的臉上塗抹著

化妝品和恐懼

在街角的報攤，售賣著暖檸檬水一滴滴黏稠的紫羅蘭糖漿，
拉扯你的皮膚
黏住你的手指和雙唇
蜜蜂用牠們的重尾巴，刷過你的外衣和睫毛
那幢大樓的影爬上你的雙腳
像一道巨大的洪水

只要你能晚一點回家並緊緊把門關上
扭上沉重的黑鎖並繫上鏈條
聆聽風怎樣敲響門的邊框
而你的臉頰
感覺太陽正在照射
在光裸的窗戶上
他們被帶了出去

迅速地穿過街道
在黑色車輛將他們嚥下以前
他們曾經有一陣子仍在呼吸氧氣
大樓內的氧氣，握著它
嘗試不讓最小一滴自由
最小一滴歇斯底里
溜走

當你決定把詞語分為
你至少用過一次與你從未接觸過的
你會感覺寂靜撕開
那夜的心臟——被折磨的圈子
每次你回到這塊地方你都能感覺到

因為很久以前，那些熱的詞位斷片
在注滿恐懼的嘴巴裡變冷
還有表情嚴肅的男人

還有他的深色筆記本和木鉛筆
只留下了沉靜
感覺像一頭死鳥

總之，這樣一幢大樓仍存在
在那裡最後的邊境格外地陰森
在那裡地獄和地下礦脈意外地關閉
在那裡時間像煤塊一樣從地表突出
在那裡死亡開始而文學終止

*譯者註：根據維爾拉娜・特卡茲與萬達・菲普斯（Wanda Phipps）的英譯版本。

譯者按：這首詩所寫的「大樓」，是位於哈爾科夫市舍甫琴科區的「文字」大樓。當時哈爾科夫是烏克蘭首都，而文字大樓大約在 1930 年左右落成，為當時活躍於烏克蘭文壇的作家而設。住在該幢大樓的作家大多為當時烏克蘭前衛文學的代表人物，也被稱為「被處決的文藝復興」作家，自 1933 年開始，蘇聯政府將他們先後處決。

這首詩完成於2001年，是詩人早期的作品，主題為詩人成長城市哈爾科夫一幢著名的歷史建築物。詩中明顯回溯烏克蘭屬於蘇聯那個時代的文學記憶，也許亦延續扎丹在哈爾科夫唸大學時對上世紀三〇年代烏克蘭未來主義運動及其他前衛流派的關注。扎丹的研究論文以烏克蘭未來主義主要詩人塞緬科為題，而塞緬科在三〇年代也是文字大樓的住客，這些住客在三〇年代被處決，令烏克蘭文學的創新潮流一下子被扼殺，以扎丹的話來說，正是「烏克蘭音節韻詩的終結」。

（彭礪青 譯）

伊利亞・卡明斯基（Ilya Kaminsky）：詩三首

在敖德薩舞蹈

我們住在未來的北邊，光陰
以孩子的簽名打開信件，一顆樹果，一頁天空。

祖母在陽台上
扔番茄，她掀開想像
如同在我頭上掀開被單。
我畫母親的臉。她了解
孤獨，將死亡比照游擊隊
藏匿在大地之下。

夜晚剝除了我們（我數著
它的脈搏）母親跳起舞，她用桃子
與鍋菜，填滿了過去。此時，我的醫生笑了，
他的孫女撫摸著我的眼睛——我親吻
她膝蓋的背面。城市在顫抖，
一艘鬼船即將啟航。

我的同學為猶太人發明了二十個名字。
他已是天使，他沒有名字，
我們搏鬥，沒錯。我的祖父乘坐拖拉機
與德國坦克對戰，我提著整整一箱
布羅斯基的詩。城市在顫抖，
一艘鬼船即將啟航。

夜裡，我清醒並低語：沒錯，我們活著。
我們活著，沒錯，別說那只是一場夢。

在當地工廠，我的父親
抓起一把雪，塞進我的嘴裡。

太陽開始了例行性敘述，
浸白他們的身體：母親，父親，舞著，移動著
黑暗在他們身後說話。

這是四月。太陽清洗著露台，四月。
我複述著一則光線
刻在我手腕上的故事：小書本，去那城市，別帶著我。

（曹馭博 譯）

問題

甚麼是人？

兩次轟炸間的一片寧靜

（李敬恒 譯）

作者的祈禱

假使我要為死去的人說話，我必須
脫離我的身軀這動物，

我必須一遍又一遍地寫下同一首詩
因為空的紙是他們投降的白旗幟。

假使我要談到他們，我必須走
在自己的邊緣，我必須活得像這樣一個盲人

他跑過每個房間也不會

碰到家具。

對啊，我活著。我可以穿街過巷去問「今年
是哪一年？」
我可以在睡著時跳舞並且在鏡子前
大笑。

連睡覺也是祈禱，主啊，
我會讚美你的瘋狂，並且
用不屬於我的語言，談論
喚醒我們的音樂，我們舞動其中的
音樂。因為無論我說甚麼
都是一種祈求而最黑暗的日子
我都必須讚美。

（李敬恒 譯）

伊亞・吉娃（Iya Kiva）：詩七首

輪到我被殺的時候

輪到我被殺的時候
每個人都在說立陶宛語
每個人都叫我亞努卡*
把我帶到他們的土地上

上帝說我不是立陶宛人
上帝啊，我告訴他們我說的是意第緒語
上帝啊，我告訴他們我說的是俄語
上帝啊，我說的卻是烏克蘭語
在卡利米烏斯河和金進尼曼河的匯流處

一個小孩在一座教堂裡歌唱

*譯者註：對烏克蘭親俄總統亞努科維奇的蔑稱。

（宋子江 譯）

你以為自己播放的是巴赫的樂曲

你以為自己播放的是巴赫的樂曲
揚聲器卻傳出軍隊行進的聲音
你以為那是雅夏．海飛茲的小提琴曲*
你卻聽到子彈殼的哨音
小提琴曲聽似粗糙
戰爭的花腔女高音
要再高八度

鮮血湧進你的耳朵
琴弓被殺死了

*譯者註：雅夏．海飛茲，Jascha Heifetz，1901–1987，俄裔美籍小提琴家。

（宋子江 譯）

這具棺材留給你

這具棺材留給你，孩子啊，別害怕，躺下來，
把那枚叫做生命的子彈緊緊地握在拳頭裡。
我們不相信死亡，看——十字架是錫箔紙做的。
你聽到嗎？所有鐘樓的舌頭都被扯掉了。
我們不會忘記你，相信我們，相信我們，相信……
相信如同鮮血從你衣袖的縫間流下，

頌唱、祈禱、聖詩在你的喉嚨腫成一塊
在這該死的嚴冬，所有人都穿著卡其色的衣服，
取來墨汁吧，二月在啜泣。
蠟淚留到桌面上，燒著，燒著……

（宋子江 譯）

用嘴含著沉默的鋼針

用嘴含著沉默的鋼針
用白縫衣線編織詞語
被口水淹沒時低聲嗚咽
以防尖叫時吐出血絲
用舌頭墊著語言的開水
漏洞百出如生鏽的水桶
修補仍然有用的器皿

重新接起斷了的十字架
如在醫院用綳帶包紮傷口
學會尋找生命的根源
而生命仍未學會寫自己的名字

（宋子江 譯）

他們殺死我父親

他們殺死我父親，我夢見
自己被連根拔起的樹
和污濁的沼澤包圍

走出二樓的陽台邊緣
再踏前一步便是暮色的懷抱

真的很美
彷彿置身於塔可夫斯基的電影

右邊
土地從山巒中升起
從未想過離開這間房子

你不是一葉方舟
就是一個木匠
反向透視

父啊，父啊，祢為何把我離棄？*

***譯者註：《聖經》馬太福音 27:46。**

（宋子江 譯）

水龍頭裡有熱戰嗎？

水龍頭裡有熱戰嗎？
水龍頭裡有冷戰嗎？
為甚麼說絕對打不起來？
都信誓旦旦地說吃完午飯就開戰
我們還親眼看到了宣告
「下午二時，戰爭爆發」

三個小時過去了
六個小時過去了
若黃昏時仍未打仗，我們又將如何？
不打仗我們就沒法洗衣服
就沒法吃晚飯
就沒法喝茶

八天都過去了
我們渾身酸臭
妻子都不願意和我們睡覺了
孩子都不記得怎樣笑和抱怨了
為甚麼我們覺得永遠不會缺少戰爭

開戰吧，好吧，我們向鄰居借一場仗來打
就在綠色公園的另一邊開打
開始擔心戰事會波及到馬路
開始覺得沒有戰爭的生命是短暫的苦難

在這裡，要是戰爭
沒有流過每一戶人家的水管
每一個人的喉嚨
那將是一件怪事

（宋子江 譯）

烏克蘭歲月

我們終於得償所願了
牆上有謝爾蓋．尼戈揚的塗鴉*
小孩在街對面的操場上玩打仗遊戲
大人在頓巴斯地區打他們的仗

谷歌地圖上出現一塊又一塊操場
一座房子裡有個男孩舉著來福槍
如果他們叫他開槍，他必定照做
去你媽的，我們共同的祖國

人們在超市裡買滿幾袋通心粉
再把包裝埋在別的地方
是甚麼正從遠處的斜坡上爬下來？
那是衛隊扛著你的棺材緩緩而下

我們曾來過這裡，你卻否認了
狙擊手殺死的是另一個人
雪片把後來的人釘死在泥土上
上帝的夏天都過去了，但還遠遠不夠

*譯者註：謝爾蓋・尼戈揚，Serhiy Nigoyan，1993–2014，亞美尼亞－烏克蘭人，2014年於邁丹革命（亦稱廣場革命）中被槍殺。

（宋子江 譯）

維亞切斯拉夫·胡克（Vyacheslav Huk）：詩六首

兼併克里米亞

……我感到自己像個孤獨的陌生人，像個不得不跟別人生活在一起的孤兒，在流亡……
——奧西普·突亮斯基（Osyp Turyansky）：《痛苦的界限之外》

灰色的海鷗在波浪中浮游，像峽灣上的孤船，
箭頭打斷牠的動作——靈魂就變得太焦慮，
時間違反語法，已服從了時尚，
但在今生每件小事都仍然很重要；

他沉思著低頭——早上的海港正在朦朦亮；

好像受了時間傷害的本性熱烈地對抗死亡
在冬天的盡頭躺著被遺棄的土地，熱量稀少，
而襯衣不帶煙味和油漆，其顏色

已經永遠丟失——粗厚的帆布就這樣被撕破——
打電話到那兒，把心從恐懼裡拯救出來的是悲傷和逃離，
把一勺粗糖放到茶杯裡的是個悲傷的人，
因為那邊，在克里米亞之南只有寒冷

而喉嚨失去聲音——血管就隨著時間乾枯，
鼻孔就突然聞到燒焦木頭的苦味，
生鏽的血另謀出路，化身為葡萄串；
而詞語斷裂，生活似地，有始有終，像鐵的

雜草生長在岸邊，在灰色翅膀的海鷗沉默之地，
因為水保持冷靜——而詞的死亡比身體的死亡更可能；
還記得蔬果車是怎樣出發的嗎？

在山很高很高的某處出發，太陽之銅使勁地燃燒——
這是被記憶界定過的，就如他在故鄉，
那個被俄羅斯士兵佔領的城市，多留了一年，
並且認為，自己像 Leo Gursky* 似的，於彌留之際
在碗裡洗澡——徹底孤獨，在紐約。

*原註：Leo Gursky 為當代美國小說家妮可・克勞斯（Nicole Krauss）《愛的歷史》（2005）中的主角。

（蔡元豐、蔡素非 譯）

飛鳥

長夏的末梢，與歌的旋律一同延展，
像撫慰的語詞或慘烈的勝利，

一次有計劃的襲擊或珀涅羅珀的自欺，
亟目所見滿布飛鳥
一架軍用偵察機*
隱沒於空中，墜入無意識，
一縷咖啡的暖煙飄離桌子，
白玫瑰噴吐芳香。
這一切本該盡歸你的名下，
被黑樹冠折服的風
形成黃葉的衷曲，
不管是否為了這段未定義的日子
是否為了八月短暫的海外假期，從盒子裡取出。
引擎沉沉響過夏天破毀的長廊，
風在樹冠托起鳥巢，
讓你有了低語的空隙：這關乎一幅圖像
如何被解讀或預兆了航程的末梢
只會繼續黑暗，四季如一。
飛機底部轟炸著某處異地。

貫穿全景，毫無例外，從任何角度，
你一瞥間擁有的整片低空
在飛機的俯瞰中延展，如在夢中
分析生命的廣度畢竟無能為力。
因此你用望遠鏡觀看飛鳥
拍翼划過湛藍的天空，
當牠們飛向南方海岸
就預知了秋風的凜冽。

*譯者註：軍用偵察機（Military Grasshopper）指一種第二次世界大戰的戰機，就像預示著戰爭。

（關天林 譯）

獨立廣場

我熟悉烏克蘭的冬天，
結冰河流的嘶喊聲
穿過子彈與火舌。然後低回
沉入死去的眼床，嫩芽紛紛濕透。
忘記柔情，忘記棺槨裡呼應的英雄頌，
那些觸摸過的頭髮已盡灰。
因此毋須害怕，他們獻身了，烏克蘭之子。
荒原的穀粒聯合起來生鏽；
主啊，煙霧沉沉的天空凍得徹骨，
祢的眼淚也得不到溫暖，祢已屏息。

染血的旗幟同時是判決與領頭人：
瘋魔的基輔，傷疤仍然紅腫卻蒙雪
消防喉無聲噴灑

越過一心鏖戰的十字街頭漩渦。
報章版面瀰漫著印刷文字的金屬味，
廣場上的馬昂首挺身：
這就是詩人如何縫著嘴巴而死，
馬的石像為何步履輕盈，
當士兵布好陣，我們最後聽到的
是教靈魂解脫苦難的詩句。

活活燒死但永垂不朽。
灰燼。矮樹枝冷得凝結，
在死者的眼裡，這城市永存：
我們從幻景與胡言亂語中汲取信念；
還有我的詩，喉嚨贈予的語詞，
都像生命屈從於重力：血在敲銅
交纏的脈搏守護著一首莊嚴歌曲
新生的旋律，或響亮而熟悉的口號。
沉默是禮物，不管它說過甚麼，

此際靜水流過屋頂的破洞。

奮起去尋找答案，去修復秩序
像拉丁人那樣戰勝一切；羅馬陷落
咬著燈泡彷彿茂盛的苦艾
馬鼻上是防毒面罩與帶嚙痕的繩索：
又一次，農民在清晨攻佔他們的赤地，
痛楚與悲傷中脫困而出的思想
是多麼累人。整夜我沒有閉上眼睛。
此刻柏油路回響著冬天的餘震，
草莖順著春天的葉脈滋長，
聖維羅妮卡把這些都縫進橫額，入木三分。

（關天林 譯）

無題

冰水斷裂的聲音——像男人最後一次嘗試
愛他失去的女人，他看上她
在他被剝奪了生命的意義，聽天由命時——
沸騰的血有犁過的乾土味道；
他很記得克里米亞，它的山嶺，被霧裹著，
它的嘴唇被沉重的沉默縫住了已有四年——
他白天在養老院的舊園裡看天空：
永遠忘記過去，我們就變得既罪過又自由；
黑海進入了夢，公牛似的，透不過氣，
他沿著又冷又荒蕪的海邊徘徊，
但是人曾經有勇氣把一切
都歸咎上帝，而靜脈會流血，沉重而悲慘，
就像這個世界，愛情逝去，生而後死，
隨意一球便贏得最漂亮的網球賽，

當人類肉體驚慌地感知衰老
而蒲公英在荒漠上飛散；
這是為甚麼克里米亞之岸如此陡峭而海如此黑，
人的寂寞——痛苦的、無量的、無法克服的——
怯弱的幼果就這樣硬化並在邊緣某處
響起告別之語，從喉嚨中被強行拔出。

（關天林 譯）

阿諾爾德·勳伯格

你沿著荒涼的海灘開車繞一圈吧，
抽支煙吧——把它抽到濾嘴吧，
像雜技演員倒立吧，或者到地上——躺下吧，
把海味——以肺！——全部，徹底，吸進去吧！

你往燈塔游過去——並像木柴一樣在水裡凍僵過，
你傾向過於把自己認為是任何人，活過，
而手腕上的脈搏跳動過——而詞語像天一樣消失過，
像海上不停地飄灑著雨星一樣。

這就是你夢想的自由，這是——撫養出來目光的
憂鬱，當你在考慮時：平均地——把一切扯破，
而你的車，像樹影，——已經老了——
而且站在沙灘的波浪當中，像站在溝裡的水一樣——

或者——像在死去的眼裡不眨眼地站著的天空一樣，
你在世界後康復了，你含著淚品嘗——蜂蜜，
襯衣上的汗味慢慢消散，消瘦，
而風吧唧吧唧地走，像鷺一樣，帶著靈魂的沼澤——在它前面。

後來——你繼續駕駛並全心全意
讓海的藍色酸痛的傷痕消除，

你用衣袖把手上的黑血——擦了，
但它後來在皮膚上重現。

你曾相信波浪和女人的手之脆弱，
你的車曾沿著岸邊跑得如此柔和，
海聲曾把引擎粗笨的聲音壓低，
而太白的沙子——曾像第一場雪。

海岸曾延伸，直到燈塔建造之處，到海角
看海之處，到海鷗調情之處，
你啊——手指間的煙——緊緊擠住了——
並抽著，直到唇間剩下濾嘴。

（蔡元豐、蔡素非 譯）

無題

魚鰭在波浪上留下可怕的割破，
喉嚨取得詞之銅——而河之緞紋暗淡，
海鷗在水面上盤旋——並迅速落下，
傍晚撈起牠的倒影，在色調的反光中，
在木無表情的人臉上，
當無名的田地在視線中伸延，像
一輛陷在野外的舊救護車，
而嘴唇上漫流著不可克服的血；

他想起如何在某處徘徊了很多很多年，
皮膚下血管寒冷的藍變得粗糙，而喉部
再次試圖以目光克服海鷗飛翔，
記憶線突然破碎，露出那側面
無力忍受海鷗呼喊，

赤裸的岸，臉上的鼓翼留下紫色陰影，
父親襯衫的鈕扣，去年已丟失，
對靈魂和身體的愛，可怕的男女願望；

夜間的狗沿著岸邊跑並失去嗅覺，——
在羽毛於草葉之間纏繞之處，在
變瘦的莖、羊腸小道之間，而帽子
放在餐廳的橡木桌子上，極限似的，不亞於
丟失的戰前照片，保留想像
寒冷的秋天和無數排水溝，
活潑的受驚的羊群，游過河去，
世界，早已遺失，如此親密，但不是我們的——

這是皮肉之下血液的神秘生命，因為肉體——
是快馬，是活動的波浪，是嘴裡懇求的聲音，
是醫院，是疾病的血流，是心裡遺忘的上帝，
是白天黑夜，是過去現在，是手指痙攣的咯吱響；

人死了以後才會哭；漂浮，涉水，
洶湧的波濤沖走他關在橡木棺材裡的身體，
日落早已在羊牧場的草地上空變白，
只有患病的洪水把變弱的魚扔到岸上。

（蔡元豐、蔡素非 譯）

史蒂夫・科馬尼奇（Steve Komarnyckyj）：詩一首

獨立廣場（組詩選二）

手臂回擺的投擲者
也向戰鬥投擲自己，
鵝卵石的弧線
劃過基輔薄暮

琶音急奏而終
樂曲中斷

李森科在雪松樹下*
夢見金色大門*

燃燒的手指
彈奏著他的樂曲

*譯者註：李森科：烏克蘭作曲家；金色大門：基輔唯一一座基輔羅斯式建築物，與聖芳菲亞教堂同是基輔的象徵。

***

話語從你的嘴唇逃逸，
轉徙的飛鳥
在南向的熱氣流上
灼燒。

高加索的山巒
陷入沉思，
在澄澈的光裡

你的聲音迴盪
盪過阿爾卑斯的懸隙，
野花痛苦。
山脈綿延
穿透重重皮肉

垂聆
你訴說的痛
積雪溶成
歌聲。

（關天林 譯）

第三章

港台詩人創作回應戰爭

朱少璋：詩一首

致普京

啟釁勞師意未諳
連年北剿又征南
皇圖萬里空堂下
千古桐棺七尺三

崑南：詩一首

無語問

在沒有光的角落裡
咬緊一頭烏鴉
拼死不放
陽光閃進
連羽毛也不動了
虛實水火之間
不能呼吸的
一尾尾浮起來
把雪彈堆成炎夏

跌進平行宇宙
我恍惚如風
原來每次飛行軌跡
都在時空的錯體內
但你是我的或不是我的
已完全無意義

活在大亂時代
一個紅藍白的Z島
如何埋葬三千萬頭黃藍的鳥
一山之隔
一飛之別
於是後世島鳥不分

於是後世命名
烏烏的鳥
也是烏烏的島

島是山島是山烏更是山

歷史鴉然
活下來的竟會共鳴
一起沉到冥冥
高歌無法解讀的符號
鴉然地
鴉鴉然
然後黑得像黑

狂人說
歷史正是如此
鴉然地
鴉鴉然
然後黑得比黑更黑

乩曰

有神人居焉
鴉然失笑

1 Mar 2022

彭礪青：詩一首

寫於驚蟄（誌俄烏戰爭）

"Tuba, mirum spargens sonum
Per sepulchra regionum,
Coget omnes ante thronum."

初春，一輪砲火驚醒樺樹的夢
每寸草莖聆聽履帶的震動
每晚，他們的城市總是這樣入睡
燈泡在集束彈的光暈裡微顫……
誰能打掃歷史的廢墟，重新組裝街道？

我坐在回南的斗室，抱病追看
一堆國旗與人影在交談，千里之外
民兵瞄準炮塔發射「標槍」……
遼闊的秩序正在瓦解，像大廈爆破
一次又一次，碎片散落在心靈的戰壕

凌亂的馬路布滿坦克的殘骸，這
一人的偉業，註定要在所有細胞壁上
搶灘，打亂我們的呼吸節奏
重傷的鳥強自在烈風中危立，訴說
這獸性的病，以背叛文明的姿態，騰飛

只此一次，如果我們要用核彈自殺
世界就只能團結一次，像印第安酋長
在風中怒吼，睥視以烈火寸礫土地的人
我打開一部歷史書，尋找雪的相關詞
只見有焦黑的洪水，流經頭蓋骨的裂縫

漫天暗黃瀰漫在我的窗口，像
一道洪流穿越指間的咖啡杯
白天總是充斥著不安和囈語，而
扁桃腺亦不得不承受，無法像小孩子般
叫喊，一個新生儲君的名字

我在顱內開闢一塊新墓地，記念
一串未知的名字，地平線張開眼眶
接納我們，艱苦回憶起吊鐘花的氣味
讓我們手牽手站在廢棄的孤兒院、墓園
和戲院，待焦黑的洪水重新哺育陽光

園丁從地表給星空澆水，麵包師傅
烘焙幸福，給腹中的一對戀人
那些日子，我們用手指從無限數到零
猶如水熊在溫暖的太空中泅泳
踏著瑜伽的動作，沒有生死或疲勞

我時常慶幸能在家中廚房，煮菜
洗碟，待痊癒後就可以出門看日落
終有一天，我會抵達你們的海港
彼此問起健康和近況，只等一艘巡洋艦
滿載鮮花，穿越密集的砲火迎接明天

劉偉成：詩一首

少女・女巫——聞俄軍入侵烏克蘭

女巫與少女之間——容得下
T-90 坦克的履帶循環多少遍？
那是邊境與首都相互猜疑的距離
碰頭時，即使把尊嚴消耗殆盡
也得爭辯美麗是否有罪，嫉妒呼嘯
揚起細沙的心眼聲稱要磨掉一地死氣

從女巫到少女——是毒咒衝附
蘋果的軌跡，SS-21 導彈
像方舟牢窗放飛的鴿子

但求落點，抖落滿身罪責
統統埋之以彼方的瓦礫
誰叫滔滔災劫中竟輕率
露出伊甸不辨是非的白晰

從少女到女巫——是怎樣的吶喊
爆自魔鏡透視盡頭的奇點
在世界每個角落化成一排排口號
如海嘯後退的頭浪，童話中
巫婆一定得死，孩子始能在現實中
走出爭奪的灰闌，適應放手的空虛

女巫與少女再次凝定成一個畫面
少女探問美麗的歸宿又別過臉去
女巫垂頭思忖封印世間美麗之咒
香腮與勾鼻在蘋果的咬印裡
糾纏、旋繞，磨擦發亮，映在

外星眼底是仇恨的風暴不宜接觸

寫於 27/02/2022

廖偉棠：詩四首

Winter on Fire

二二八連假前夕
我坐在路邊
用手機看紀錄片
Winter on Fire:
Ukraine's Fight for Freedom
我想截圖給我防火牆內的朋友看
但只截下來字幕
圖像變成一片漆黑只剩下：

「我的朋友和我

開始搖響所有的鐘」
「聖米迦勒修道院的人
正在阻止這件事發生」
「上一次這些鐘敲響
是在 1240 年蒙古韃靼人
入侵基輔之時」
我不確定他們能否猜到甚麼回事

而我住在基輔、第聶伯的朋友
鐘聲盈耳，無暇寫詩
她們忙於撬開
十字架之上
針孔一般狹窄的天空
就像我住在九龍、港島、大嶼山
每天都經歷著二二八前夕
的朋友一樣

2022.2.25.

他的名字

獅牙草，多綠啊烏克蘭。
我的金髮母親沒有回家。
——策蘭

「我們把爸爸留在了基輔」他說
這個烏克蘭小鬼，還沒有我兒子大
也沒有電影裡泅渡火網的伊萬大
但我知道，有一天
他將泅渡回來
為爸爸們報仇
現在他忍住眼淚，感謝盲目的神祇。

我不知道他的名字是甚麼
也許是 Antschel

去掉一些邪惡的字母
就是 Ancel，再將音節前後顛倒
就是 Celan
在拉丁文裡的意思是隱藏或保密了甚麼。
在中文裡的意思是他比你們都勇敢。

有一次我選錯了輸入法
打下我的名字 Liuwaitong
的時候，出來的是
「流亡哀痛」
這是對我名字的粵語拼音
蘋果手機作出的普通話註釋
這不需要保密，已經交由獅牙草咀嚼。

2022.3.2.

註：獅牙草（Löwenzahn）即蒲公英的德文俗稱。

殉道者

為甚麼這烏克蘭的微笑似曾相識
原來它也曾屬於那個西藏男孩。

就像一朵桃花那樣的微笑。

她珍愛生命，去拯救被人類放棄的
他珍愛自由，放棄生命去喊出它。

地球沒有放棄你們，山和水奔走相告
在砲彈開始流亡的時候，你們

只有你們知道回家的路。路也追隨
你們，漸漸湧起巨浪來。

溫柔的，堅定的，一億朵桃花那樣。

2022.3.7-8

烏克蘭文辭典

無法改編的是死亡
無法在倖存者的數目上多加一人
無法令歌劇院重新綵排
無法令母嬰醫院回到
第一聲呼吸的強壯
然而卻可以無損於翻譯
從烏克蘭文翻譯成英文、法文、日文
甚至最曖昧的中文，但除了俄文
——這近鄰
這近鄰已經像斯普尼克衛星一樣放逐於黑暗

我聽見他們在普京演說的時候吶喊
卻聽不清是在叫「停止戰爭」還是
「俄羅斯萬歲」
我翻開我心中的烏克蘭文辭典
我要指給他們看敖德薩、基輔、第聶伯河……
這些詞彙也曾經是你們大口呼吸的悲傷的一部分
把它們像雪一樣含在嘴裡吧
感受母乳裡沸騰的星系
熾熱無比的再生

2022.3.19.

黃潤宇：詩三首

留下——給坐在窗沿的烏克蘭少女

那傷口上活起來的血漬
從此沒法喊停
在這被戰爭碾過的第二天
你知道
世界粉碎不過一抹顏色的事

可當子彈被偉大的謊言射穿
換你潔淨身體，走近它
找出暴風雪裡久久埋藏的
苦杏仁，你聽到

空氣中甚至沒有一具骸骨在哭

口袋裡剩餘的糖果，數算著
還有多少可以丟往未來
不是焚化爐的這一頭

紫色唇
是你緊緊咬住的時間的暗面

從這顆腫痛又透明的眼睛
望出去，窗外不曾失約的雨
打磨出一種強烈
至今因你猶存

2022.3

數字身上抖落的

當普京的手指已在核彈按鈕旁打圈
我們卻逆向走往另一片戰場
他們的血早已經凝成廉價糖塊
他們的血親得到飼養
我無法告訴你這一沓
肉眼不可見的荒涼
究竟有多盛

2022.2.28

你問為何我們是人……

你問為何我們是人？

為何我們糞便之中還有慾望？
為何惜別閃耀的、
而奔向爐底棄絕的灰燼？
當我們發現自己是熟成的果子
摘下即命運
在氧化與爛朽之間
為何我們還學會了伸手？
如果有個地方能夠容納
所有失重的心靈
於是今夜我穿上較暗的那個名字
走入你們之中
明明曉得
為何還有下一生的哭啼？

2022.2.25

羅貴祥：詩一首

內侵——我們給甚麼烏克蘭

到來了終於這一刻
不是朝另一塊土地遙望的火焰
進入了呼吸管道的體會
層層包裹的肌理
滲透我們的骨髓
脈動不安忐忑
一動無有不動
此刻難料下一個剎那
血流激盪整夜
堅信還有下一個黎明

然而沉重的擊倒是甚麼
痛失自由之何謂
傷亡與囚禁
逃離的倉皇
留守不過
不過是不知所為
不過是不知所措
茫然去來未辨
黑暗處可有飛翔的聲音
不敢想像的
都兇悍降落
我們和世界有半邊燒焦了
猛轟一發
立刻把軀體
分為左右互不相容
宇宙斷為
絕對的黑和白

生命剩下
唯善唯惡
今後該輪到哪個
怎麼樣一邊的手與另一邊的足
卻安靜地交叉螺旋
成了槍膛裡的來福曲線
或許有分量的不再往外探索究竟
守在自家毛細孔的入口
內裡好像還有光與動盪
懵懵懂懂與我們有未打開的關係
愈往內攻
未許就沒有
愈深的慈悲

鄭點：詩一首

敖德薩

她的城市不常下雨
也沒怎麼見過
雨後的虹

雨不來
唯獨怕火
怕錐形的彈孔
遮住了父親的眼
怕那隻驢犢長大
就背起了炸藥再也轉不回家

拿著槍走
別為了丈夫和國家去死
上帝留下來一隻火種
可春天太冷
不得不
下起了冰

干木：詩一首

烏克蘭‧2022

戴穩王冠和假髮
貼好濃密的鬍鬚，魔術師
爬上不孕的果樹
張貼
二手店買來的地圖，小綠人
湧出破舊罩袍
沿子彈發射的曲線
進軍
火與劍之地。

黑夜裡漫長等待
烈酒與美色
沉澱為沃土
聖徒佇立教堂金頂
俯視
苦難的彌撒：
「一粒麥子死了
落在地裡
結出更多的麥子。」

骷髏離開了墳墓
沿鐵路線踱步，搭建
各自的帳幕
演說革命的語言：
「飢餓的不是肚子
是腦袋」
「拉倒了的不是雕像

是血肉」
民要攻打民，爭奪
不存在的國度。

勝利女神凝視
存在過的國度
鹿與狐狸
步出冷卻的熔爐
沿遙遠長河，遊覽
鐵騎踐踏的城鎮，收集
傳說、旗幟和徽號
清晨海岸
巨艦擱淺
初春縫紉的蔚藍與金黃。

太陽升起以後，巡邏
寧靜的博物館

戴花環的幽靈，把玩
雄鷹標本
尖喙鳥首，漆黑羽毛
翅膀在顫動
記憶彌留
誰人的惡夢？
誰人的美夢？

曹疏影：詩一首

刀客

我想要你們知道一個秘密，
關於如何生活在砲火與悖謬的時代，
關於你可以沒有新聞，但要有故事，
你可以沒有故事，但要有一點光，
浮游在生命的疆域之內
承接住你頭腦中的瀑布，
從燕子背上跳下，進入星塵的一點光
那叫做詩，是你必須有的，
當時代可以把一切佔為ta有，
你可以有的，為你呼吸的，

就是你在呼吸的

璇筠：詩一首

善良

我夢見婆婆，
穿了一身鮮豔的黃衣
也是平時放鬆的樣式
笑嘻嘻的。頸項上掛著一枚甚麼
看不清楚
他向我走來
他向我，走來！
問我：
剛剛和你談話的女孩
背上為甚麼有兩道疤痕？

我不知道
卻是歉疚

然後我睡去
又醒來
我問婆婆
婆婆你到哪裡去了
婆婆化成一股空氣
坐在我身旁
謊言總讓人溫暖
真相卻是灼熱的
提醒我選擇
當我仍然可以選擇⋯⋯
這世間
還餘有善良

20220229

無名氏：詩一首

戰爭詩

最近人們紛紛往面書上貼
自然地讀了不少戰爭詩
辛波絲卡，楊牧，愛特伍
還有很多很多
開始覺得讀得太多了
要是不再有戰爭
五十年，一百年以後
是否不會再有人去寫戰爭詩
也沒有人去讀它們
就讓這個題材消失於人間

讓這些詩集束之高閣？
我當然知道這是絕無可能
生出如此幼稚的想法
可能是實在讀詩讀得厭倦了

連日追看新聞
孩子問我，戰爭是為了甚麼

施勁超：詩一首

烏克蘭農場大蛋

Y昨天路過街市把偶然遇見的
烏克蘭農場大蛋植入畫框

經過修飾後上傳至社交媒體——
聲稱灰黑的蛋殼讓他想起遠方
戰火的硝煙與灰燼（這是正式錄用的雞蛋嗎？）

然後，Y從褲袋掏出幾枚硬幣買了
兩隻烏克蘭農場大蛋（不用找贖了，也不用膠袋）
兩隻大蛋在他褲袋裡晃蕩——

Y走出了大慈善家的步伐，好像
剛剛幹了一場驚天動地的大好事

他不知道那處也有
請勿踐踏草地的告示。但所有的農場都被踏為戰場，所有
大蛋也被打碎（所有橙黃的蛋漿都與蛋殼碎在一起）
永遠，不要以為：
買了烏克蘭農場大蛋就能
成為烏克蘭人

戳穿黑色的寂靜蹤跡——
烏克蘭戰爭、文藝歷史與當下

一八四一
社長｜ 沈旭暉
總編輯｜ 孔德維

責任編輯｜ 鄧小樺
執行編輯｜ 馮百駒
封面設計｜ 梁俊修
圖文排版｜ 梁俊修
文字校對｜ 謝傲霜、蘇朗欣
行銷企畫｜ 伍蔓凝
印刷｜ 呈靖彩藝

出版｜ 一八四一出版有限公司
網站｜ www.1841.co
地址｜ 105 台北市松山區寶清街 111 巷 36 號
電子信箱｜ enquiry@1841.co
Facebook｜ www.facebook.com/1841bookstore
Instagram｜ @1841bookstore @1841.co

讀書共和國出版集團
社長｜ 郭重興
發行人兼出版總監｜ 曾大福
發行｜ 遠足文化事業股份有限公司
網站｜ www.bookrep.com.tw
地址｜ 231 新北市新店區民權路 108-2 號 9 樓
電話｜ (02)2218-1417
傳真｜ (02)8667-1065
電子信箱｜ service@bookrep.com.tw
郵撥帳號｜ 19504465 遠足文化事業股份有限公司
客服專線｜ 0800-221-029
法律顧問｜ 華洋法律事務所 蘇文生律師

初版三刷｜ 2022 年 6 月
定價｜ 台幣 400，港幣 133
ISBN｜ 978-626-95956-2-4

國家圖書館出版品預行編目

戳穿黑色的寂靜蹤跡烏克蘭戰爭、文藝歷史與當下 / 鄧小樺編 . -- 初版 . -- 臺：北市：
一八四一出版有限公司出版 , 2022.04　　288 面；　14.8*21 公分
ISBN 978-626-95956-2-4(平裝)
1.CST: 文學與戰爭 2.CST: 文藝思潮 3.CST: 世界文學 4.CST: 烏克蘭

810.75　　111004719